Clémentine a tous les talents

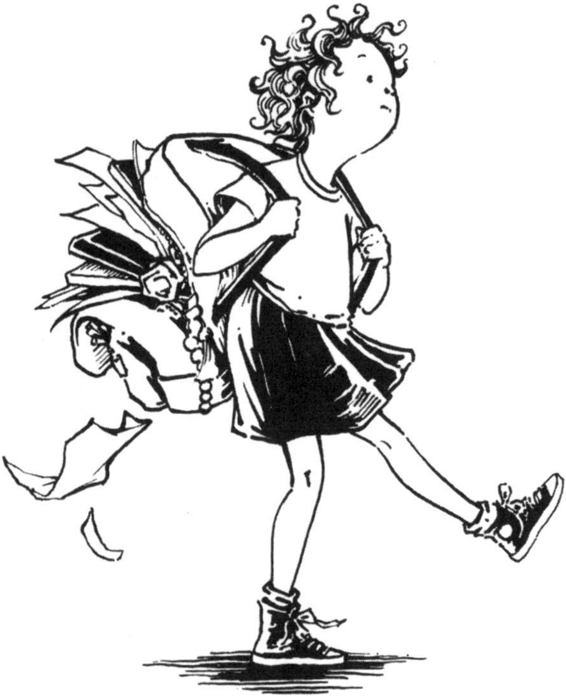

Sara Pennypacker
Illustrations de Marla Frazee

Clémentine
a tous les talents

RAGEOT

Cet ouvrage a été imprimé sur un papier
issu de forêts gérées durablement,
de sources contrôlées.

Cet ouvrage a été publié aux États-Unis et au Canada
par Disney - Hyperion Books, une marque
du Disney Book Group,
sous le titre *The Talented Clementine*.

Texte © 2007, Sara Pennypacker.
Illustrations © 2007, Marla Frazee.

Cette traduction est publiée avec l'accord
de Disney - Hyperion Books, une marque
du Disney Book Group.

Traduction : Ariane Bataille.

Couverture : Marla Frazee.

ISBN : 978-2-7002-3814-3
ISSN : 1951-5758

© RAGEOT-ÉDITEUR, pour la version française – PARIS, 2012.
Loi n° 49-956 du 16-07-1949 sur les publications
destinées à la jeunesse.

*Pour Steven Malk et Donna Bray,
mon agent et mon éditrice
bourrés de talents, et dont les certitudes
ont toujours devancé les miennes.*
S. P.

*Pour mon grand frère, Mark Frazee,
qui trouve sûrement idiot
de faire des dédicaces.*
M. F.

LUNDI

Un projet enthousiasmant

Les professeurs ont tendance à confondre les mots « enthousiasmant » et « ennuyeux ». Je l'ai remarqué plus d'une fois. J'ai quand même écouté le maître lorsqu'il a dit à toute la classe :
– Les enfants, j'ai une nouvelle enthousiasmante à vous annoncer. L'école a besoin de collecter de l'argent pour notre grand voyage du printemps. Les CP et les CE1 ont donc décidé d'organiser une vente de pâtisseries. Les CM2 et les sixièmes proposeront un grand lavage de voitures. Quant aux CE2 et aux CM1, ils devront monter un spectacle pour présenter leurs talents sur scène…

Aussitôt, un brouhaha assourdissant a retenti dans la classe, comme si tous les élèves trouvaient cette idée réellement enthousiasmante.

Enfin, tous sauf moi. Parce qu'à mon avis cette idée n'avait rien d'enthousiasmant.

Bon, d'accord, elle n'était pas ennuyeuse pour autant.

Sur ce, la maîtresse de Margaret (Margaret habite dans mon immeuble, et je vais jouer chez elle quand nous ne nous sommes pas disputées) est apparue à la porte et le maître est allé lui parler. Ouf! J'avais une minute de plus pour trouver une raison d'annuler le spectacle.

Dès que le maître est revenu à son bureau, j'ai lancé :

– Les personnes âgées adorent tapoter la tête de mon petit frère. Au lieu d'organiser un spectacle, on pourrait l'installer sur une chaise et faire payer 25 cents la tape.

Il m'a complètement ignorée. Quand un professeur ne fait pas attention à ce qu'on lui dit, c'est parce qu'il Réfléchit ; mais quand un élève ne fait pas attention à ce qu'on lui dit, c'est juste parce qu'il est Impoli.

– Les enfants ! a-t-il annoncé. Une de vos camarades de CM1 a déjà trouvé le titre de notre spectacle : La Soirée des Stars aux Mille Talents !

Pas de doute, cette suggestion venait de Margaret.

– D'abord, a-t-il ajouté, il faut constituer le groupe de volontaires chargés de dessiner les affiches pour notre soirée.

En comprenant que le spectacle ne serait pas annulé, un horrible sentiment d'inquiétude s'est insinué dans mon cerveau, comme si quelqu'un le remplissait de gros gribouillis noirs.

Et tandis que le maître poursuivait sa liste de groupes de volontaires, les gribouillis, de plus en plus nombreux, se sont propagés jusqu'à mon ventre. Je ne voyais qu'une solution pour m'en débarrasser. J'ai levé la main.

– Oui, Clémentine ? Tu aimerais faire partie du groupe de volontaires chargés des rafraîchissements ?

Très poliment, j'ai refusé :

– Non, merci. J'aimerais aller dans le bureau de madame Pain.

– Pourquoi veux-tu aller chez la directrice, Clémentine ? Tu n'as pas fait de bêtise aujourd'hui.

– Non, mais ça ne va pas tarder.

Le maître m'a jeté un regard perplexe, comme s'il se demandait tout à coup ce que je faisais dans sa classe, puis il a poussé un gros soupir.

– D'accord, vas-y.

Quand je suis sortie, les jumeaux O'Malley ont levé le pouce dans ma direction.

Je me suis aussitôt sentie moins seule. Malheureusement, en les voyant afficher un sourire moqueur, j'ai compris qu'ils pensaient : « Quelle drôle d'idée de demander à voir la directrice », alors je me suis sentie de nouveau très seule.

Les jambes tremblantes, j'ai longé le couloir, puis, d'un doigt encore plus tremblant, j'ai frappé à la porte de la directrice.

– Entrez ! a crié Mme Pain.

En me voyant, elle a automatiquement tendu la main pour prendre le mot où mon maître lui explique pourquoi il m'envoie dans son bureau. On a l'habitude, toutes les deux.

Mais cette fois, je suis allée m'asseoir directement en face d'elle et je lui ai demandé :

– À votre avis, madame, qui est le plus intelligent ? Le chimpanzé ou l'orang-outang ?

— Voilà une question intéressante, Clémentine, m'a-t-elle répondu. Tu pourras peut-être la poser à ton professeur de sciences après m'avoir appris la raison de ta présence ici.

— Je m'interrogeais aussi sur la différence entre les mots *écrasé* et *brisé*, ai-je ajouté.

Mme Pain m'a tendu son dictionnaire.

Brusquement, je n'ai plus eu envie de connaître la réponse. C'est l'effet miracle des dictionnaires !

– Écoute, a repris Mme Pain, si tu le mettais par terre, tu pourrais peut-être poser tes pieds dessus au lieu de les balancer contre mon bureau. Ils ont l'air bien agités aujourd'hui.

J'ai obéi. C'était confortable d'avoir les pieds en hauteur.
– Merci, madame, ai-je dit très vite avant de préciser : je n'ai aucun talent, vous savez.
– Pardon ?
– Je n'ai aucun talent, ai-je répété.
Mme Pain m'a dévisagée un long moment avant de lâcher :
– Ah.
Elle n'a rien ajouté. Et j'ai regagné ma salle de classe.

Quand je suis descendue du bus scolaire à la fin de la journée, j'ai aperçu Mitchell, le grand frère de Margaret, assis sur les marches de notre immeuble. Avant que j'aie ouvert la bouche, il a lancé :
– Qu'est-ce qui ne va pas, Clémentine ?
J'avais sans doute encore l'air inquiète.
Je lui ai tendu la feuille idiote que le maître nous avait distribuée pendant les cours.

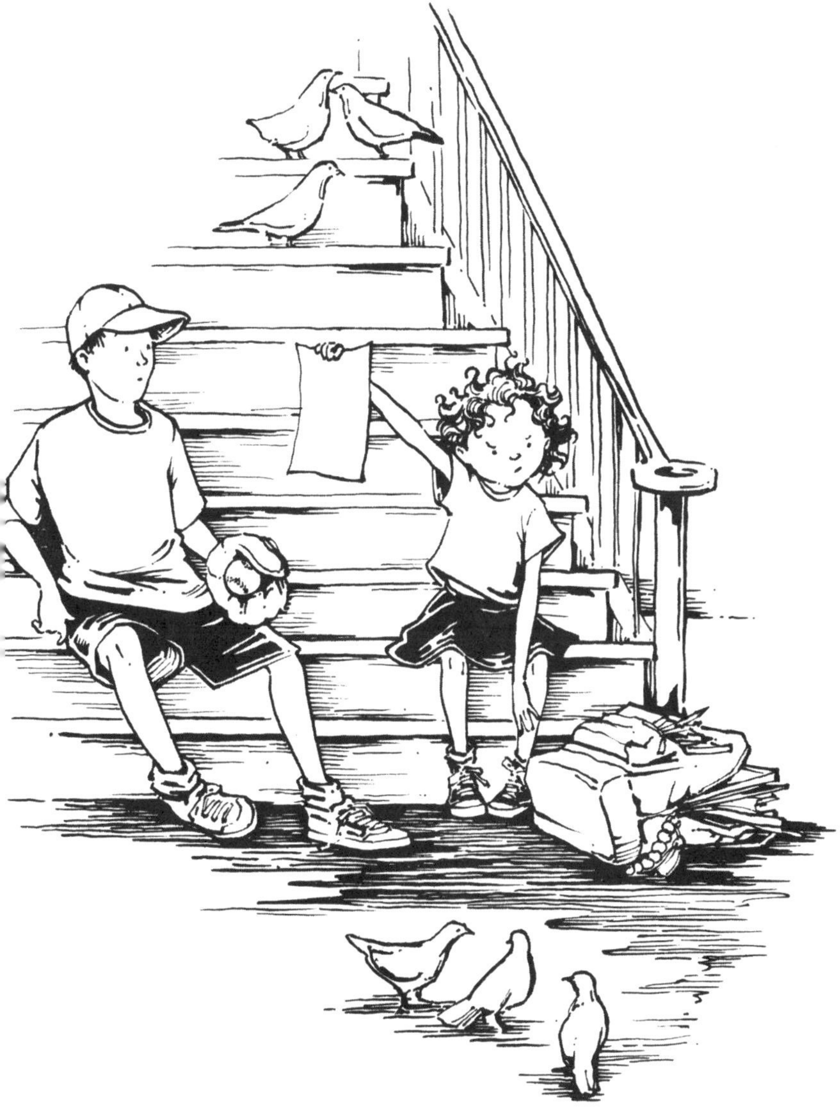

Mitchell a lu à haute voix :

– *Vous avez un talent exceptionnel ? Venez participer à la Soirée des Stars aux Mille Talents qui aura lieu samedi !* Eh bien, quel est le problème ? a-t-il demandé en me rendant la feuille.

Je me suis penchée vers lui – pas trop près au cas où il s'imaginerait que j'ai envie de devenir sa petite amie, ce qui est faux – et j'ai murmuré le problème à son oreille.

– Je n'ai rien entendu, a-t-il déclaré.

Je l'ai murmuré à nouveau mais il a protesté :

– Parle plus fort, Clémentine !

Alors j'ai crié.

Cette fois, il a entendu.

– C'est impossible, a-t-il décrété. Tout le monde possède un talent.

– Pas moi.

– Tu ne sais même pas chanter ?

– Même pas.

– Et danser ?

– Même pas.

– Tu ne sais même pas jouer d'un instrument de musique ?

– Même pas.

Mitchell est resté silencieux une minute, puis il a suggéré :

– Sauter à cloche-pied alors ?

– Même pas.

– Tout le monde sait sauter à cloche-pied, a-t-il affirmé.

– Pas moi.

Je le lui ai prouvé sur-le-champ.

– Hou là ! s'est-il écrié, catastrophé. Hou là là !

Puis, quand j'ai voulu m'asseoir sur une marche à côté de lui, je suis tombée parce que je n'avais pas encore retrouvé mon équilibre.

– Tu vois bien ! me suis-je exclamée. Je ne sais même pas m'asseoir. C'est sans espoir.

– Ne t'inquiète pas, Clémentine. Tu possèdes peut-être un grand talent caché que tu n'as pas encore découvert, m'a-t-il consolée.

Je lui ai lancé mon sourire « Merci, je suis rassurée maintenant ! ». Mais ma bouche faisait juste semblant.

MARDI

Un numéro pour le spectacle ?

Le lendemain matin, dans le bus, Margaret s'est installée à côté de moi comme d'habitude.

Je ne l'avais encore jamais remarqué, mais elle a un réel talent pour s'asseoir : sa robe reste si bien en place qu'on croirait qu'elle est peinte sur son corps. Et pas une seule feuille de cours ne dépasse de son sac à dos.

À propos de feuilles de cours, je devais me dépêcher de ramper sous mon siège pour ramasser celles qui avaient glissé de mon sac toujours ouvert. C'est ce qui s'appelle Être Organisée.

À l'arrêt suivant, les jumeaux O'Malley sont montés et se sont assis devant nous. Ils s'appellent Willy et Lilly. La première fois que j'ai entendu leurs prénoms, j'ai trouvé formidable qu'ils riment. J'ai même suggéré à mes parents de changer celui de mon petit frère :

– Pourquoi on ne l'appellerait pas Tartine, Rustine ou Scarlatine ? Ça rime avec Clémentine !

Mais ils n'ont pas eu l'air convaincus. Donc je continue à l'affubler de noms de légumes, les seuls qui soient pires que les noms de fruits du genre de celui qu'on m'a donné.

Lilly s'est tournée vers nous.

– Quel numéro tu vas préparer pour le spectacle, Margaret ?

– Je ne sais pas. J'ai tellement de talents ! a gémi Margaret en agitant les mains au-dessus de sa tête comme si ses talents étaient des mouches qui lui tournaient autour. Je n'arrive pas à choisir !

C'est vrai. Margaret prend des leçons de tout : de clarinette, de lancer de bâton pour majorette, de danse classique, de natation…

– Tu n'as qu'à présenter tous tes talents en même temps ! ai-je suggéré.

Pour rire.

Bon, d'accord, ce n'était pas très gentil. Comme Margaret a tous les talents sauf celui de comprendre quand je plaisante, elle s'est aussitôt enthousiasmée :

– Excellente idée, Clémentine ! Merci !

Et à notre grand désespoir, elle a passé trois cents heures à énumérer ses nombreux talents pour déterminer lesquels iraient le mieux ensemble. Faire du patin à glace en s'accompagnant à l'accordéon semblait impossible.

Par contre, chanter en faisant des claquettes serait facile ; elle pourrait y ajouter du hula-hoop et jouer en même temps d'un tambour suspendu à son cou. Puis, brusquement, elle s'est donné une claque sur le front parce qu'elle venait d'avoir une idée encore plus géniale que les autres :

– Hé ! Attendez ! Et si je montais sur scène *à cheval* ?

Willy a profité du silence qui accueillait sa question pour prendre la parole.

– Moi, je n'ai qu'un seul talent. Mais il est super impressionnant.

Il a désigné la boîte contenant son déjeuner.

– Je suis capable d'engloutir tous mes sandwichs en une seule bouchée !

– Tu le fais tous les jours, lui ai-je rappelé.

– Oui, mais pas sur une scène de théâtre.

Il m'a alors demandé quel talent j'allais présenter.

– C'est une surprise, a répondu ma bouche sans me prévenir.

Je ne mentais pas vraiment car pour une surprise, ce serait une sacrée surprise si je trouvais un numéro à réaliser sur scène samedi soir.

Pendant tout le reste du trajet, j'ai serré les lèvres de peur que ma bouche ne s'ouvre et n'invente d'autres surprises.

À l'école, le maître a abordé si vite le sujet de la soirée des talents que j'ai cru que la fin du Serment au Drapeau[1] avait changé :

– … liberté et justice pour tous et je sais que toute la classe a hâte de s'atteler à notre grand projet.

Trop tard. Je n'avais plus le temps de mettre à exécution mon plan secret : hypnotiser le maître pour qu'il perde la mémoire et oublie la Soirée des Talents.

---

1. Dans les écoles américaines, les élèves se rassemblent tous les jours pour l'appel et pour le Serment au Drapeau, par lequel ils jurent fidélité et loyauté aux États-Unis d'Amérique.

Par chance, un autre plan très astucieux m'est immédiatement venu à l'esprit. J'ai levé la main.

– Oui, Clémentine ? Tu désires t'inscrire à un groupe de volontaires ?

– En fait, il faut que je vous parle, ai-je avoué.

J'ai dessiné un P majuscule avec mes doigts pour faire comprendre au maître qu'il s'agissait d'une affaire Privée.

Il a hoché la tête. Je me suis approchée de lui et j'en ai profité pour jeter un coup d'œil discret derrière son bureau à la recherche de pizzas et de beignets – tout le monde sait que les professeurs mangent en cachette quand les élèves ne les regardent pas. Rien en vue.

– Et si un élève n'a aucun talent ? ai-je commencé. Je ne parle pas de moi, j'en ai plein, bien sûr, j'en ai même trop. Mais si un autre élève que moi n'en a pas ?

– Tout le monde a du talent, Clémentine, a-t-il répliqué. Tout le monde sait bien faire une chose ou une autre.

– Mais si justement un élève ne sait rien faire ? Si celui qui distribue les talents à la naissance avait oublié de lui en donner un ? Est-ce que cet enfant qui n'est pas moi ne se retrouvera pas horriblement gêné sur scène ?

– Eh bien, a admis le maître, c'est très attentionné de ta part, mais…

– Oui, je suis très attentionnée. C'est pour cette raison qu'à mon avis il vaudrait mieux oublier cette idée de Soirée des Talents.

– Oh non, je ne pense pas qu'il faille l'oublier. Néanmoins, pour en avoir le cœur net, je vais interroger tes camarades.

Il s'est levé et a demandé :

– Les enfants ! Qui parmi vous a trouvé un talent à présenter sur scène samedi soir ?

Toutes les mains se sont levées.

– Bien, a conclu le maître, la question est réglée. Merci quand même, Clémentine.

Bon, d'accord, ce plan-là non plus n'était pas génial. Soudain, une autre idée, véritablement géniale celle-là, a jailli dans mon cerveau. J'ai de la chance : les idées géniales fusent sans que j'aie à me creuser la tête pour les trouver.

Je me suis mise à rédiger mon journal de bord et quand j'ai eu fini d'écrire ma phrase, j'ai placé ma main en paravent juste devant, comme si j'avais noté une pensée trop personnelle pour être partagée. C'est le meilleur moyen d'attirer l'attention d'un professeur.

Gagné. Le maître est venu regarder mon cahier. Au début, il a froncé les sourcils, puis il s'est penché pour mieux lire.

– Tu dois déménager cette semaine ? s'est-il étonné.

Je me suis dépêchée d'insérer le mot *peut-être* entre *je dois* et *déménager cette semaine*. *Peut-être* est une expression très utile lorsqu'on ne dit pas exactement la vérité.

– Tu dois *peut-être* déménager ?

J'ai hoché la tête. Hocher la tête ne compte pas pour un mensonge.

– Et où dois-tu peut-être déménager ?

J'avais oublié d'y réfléchir.

– Heu…

Tout en étirant le plus longtemps possible mon *heu…* j'ai examiné les murs de la classe, au cas où je découvrirais une réponse intéressante.

Oui c'est ça ! J'ai pointé le doigt vers une carte qu'on avait complétée la semaine précédente pendant le cours d'histoire-géographie.

– Tu dois déménager en Égypte ? a demandé le maître. Un de tes parents est muté là-bas ?

J'étais contente qu'il ait trouvé tout seul cette excellente explication.

– Oui, mon père va peut-être obtenir un nouveau travail, ai-je précisé.

Mon père est le gardien de notre immeuble. Il vérifie que tout y fonctionne correctement. Il a beaucoup d'appartements sous sa responsabilité. L'année dernière, notre immeuble a été transformé en copropriété. Ça signifie que les locataires sont devenus propriétaires de leur appartement. Mon père dit qu'ils ont parfois tendance à s'imaginer que le gardien leur appartient lui aussi. Papa n'aime pas trop le système de la copropriété.

– Il va peut-être s'occuper d'une pyramide, ai-je repris.

J'ai désigné la pyramide en carton fabriquée par Willy O'Malley. Si c'était moi qui l'avais construite, elle aurait eu le bon nombre de côtés ; seulement on m'avait obligée à dessiner le Sphinx car chaque fois qu'un autre élève le dessinait, il ressemblait à une sauterelle.

Quand je dessine des choses, tout le monde les reconnaît. Même les adultes. Je suis presque une artiste célèbre. S'il existait un jeu télévisé sur le dessin, je gagnerais sûrement tous les prix.

Même si j'éviterais de choisir les plus nuls, genre la salle à manger complète ou la panoplie pour lustrer sa voiture.

– Vous ne trouvez pas injuste que les jeux télévisés n'offrent pas de cadeaux intéressants ? ai-je demandé au maître. Ils ne proposent jamais de gorilles ou de sous-marins, par exemple.

Mais le maître n'écoutait pas. Il Réfléchissait.

– Ton père est muté dans une pyramide ? Il est archéologue ?

– Non, gardien d'immeuble, ai-je expliqué. Il dit que, de nos jours, tous les immeubles sont transformés en copropriétés. La Grande Pyramide mesure cent quarante-sept mètres. Elle est aussi haute qu'un immeuble de cinquante étages. Elle doit contenir plein d'appartements en copropriété.

– Et ton père déménage là-bas pour s'en occuper ?

– *Peut-être*, ce n'est pas encore sûr, lui ai-je rappelé. C'est un gros travail. Il sera chargé d'embaucher les portiers, de vérifier que les ascenseurs fonctionnent… Donc, je ne serai sûrement pas là pour la…

– Des ascenseurs ? m'a interrompue le maître. Dans la Grande Pyramide ?

– Oui. Papa devra aussi expliquer aux propriétaires que les grillades au barbecue sont interdites sur le toit. Ça fait partie de son travail. Enfin, je regrette, mais je ne pourrai pas participer à la Soirée des Stars aux…

– Les grillades sont interdites sur le toit de la Grande Pyramide ?

– Exact. Et papa devra coller une affiche dans le hall d'entrée pour signaler que le jour de ramassage des ordures est le jeudi. Bref, je suis désolée, mais…

Le maître m'a simplement tapoté la tête.

– Tu es un sacré numéro, Clémentine, a-t-il déclaré. Vraiment unique en ton genre.

Puis il a regagné son bureau en riant.
Il devrait exister une règle qui interdise aux professeurs de rire.

MARDI

À la recherche d'un talent

Lorsque je suis descendue du bus scolaire, mon père taillait le lierre qui pousse entre le mur de notre immeuble et le trottoir.

Tout en désignant un sécateur posé à côté de lui, il m'a dit :

– Maintenant que tu as huit ans, Clém, tu es assez grande pour t'en servir.

Bien que je me méfie des objets pointus – j'en ai une peur bleue –, j'ai pris le sécateur et j'ai commencé à couper quelques tiges.

Au bout de deux minutes, mon père a lancé :

– Je t'ai trouvée bien silencieuse, hier soir, pendant le dîner. Quelque chose te tracasse ?

Au moment où j'allais lui confier que je n'avais aucun talent à présenter à la Soirée des Talents, le bus scolaire s'est arrêté et Mitchell en est descendu.

Arrivé à notre hauteur, il nous a demandé ce que nous faisions.

– On taille le lierre, a répondu mon père. Il pousse tellement vite que si je ne m'en occupe pas, il envahira bientôt la façade et le trottoir.

– Waouh! s'est exclamé Mitchell en enlevant son sac à dos. Vous voulez dire que si jamais un joueur de l'équipe de baseball des Red Sox passait par ici, il risquerait de se prendre les pieds dedans et d'être immobilisé pour le reste de la saison? Du coup, on manquerait les éliminatoires et le championnat du monde de baseball?

– Euh, le syndicat de copropriété ne songeait pas exactement aux Red Sox quand il m'a demandé de tailler ce lierre, a précisé papa, mais ton argument me plaît davantage. Cette année, notre équipe joue un rôle décisif dans l'histoire du baseball.

Puis il a ajouté en tendant son sécateur à Mitchell :

– Tiens, tu veux nous aider ?

– Waouh ! a répété Mitchell. Merci ! Tope là, mon pote.

Il a frappé la paume de mon père, saisi le sécateur, et commencé à couper le lierre. Pendant ce temps, mon père s'est assis sur le muret de briques qui longe notre immeuble pour se reposer. Lui et Mitchell se sont mis à parler baseball.

Mitchell est obsédé par les Red Sox de Boston, notre ville. Plus tard, il veut intégrer leur équipe. Si je me marie un jour, ce qui n'arrivera jamais, j'aimerais bien épouser un joueur des Red Sox – mais pas Mitchell puisqu'il n'est pas mon petit ami. Comme ça, je pourrai manger gratuitement des hot-dogs pendant le match.

– Tu as déjà vu un match parfait ? a demandé mon père à Mitchell. Ça m'est arrivé une fois lors d'un match de deuxième division. Une pure merveille.

– Qu'est-ce que c'est, un match parfait ? ai-je voulu savoir.

– C'est un match durant lequel le lanceur ne rate aucun de ses lancers, m'a expliqué Mitchell.

– Waouh! me suis-je exclamée. Quatre-vingt-un lancers d'affilée!

Mitchell m'a dévisagée avec des yeux ronds. J'étais sûre qu'en même temps il faisait des tas de multiplications dans sa tête.

– Pas la peine de recalculer, lui a conseillé mon père. Clém est un génie des maths.

– Waouh, a soufflé Mitchell pour la troisième fois. Impressionnant.

Sur ce, il s'est éloigné en secouant la tête. Il allait probablement vérifier sur sa calculatrice que je ne m'étais pas trompée.

Mon père a ramassé le sécateur et s'est remis au travail.

– Alors, a-t-il repris, tout va comme tu veux, Clém?

– Ben... je me demandais si on allait déménager.

– Déménager? s'est-il étonné.

– Oui. Je me demandais même si tu n'allais pas obtenir un nouveau travail. En Égypte.

– En Égypte ? a-t-il répété, surpris.

J'ai hoché la tête.

– À partir de vendredi, ai-je précisé.

– Quelle drôle d'idée ! Non, ne t'inquiète pas, je t'assure que nous ne partons pas nous installer en Égypte vendredi. D'ailleurs, nous n'avons aucune intention de déménager.

On a continué à tailler le lierre. Tout à coup, j'ai eu une idée formidable.

Mon père répète souvent que je suis championne pour détecter les choses intéressantes. Il affirme aussi que, dans ce domaine, il ne m'arrive pas à la cheville. Pourtant, je le trouve doué – pour un adulte, en tout cas.

Je lui ai donc demandé si, récemment, il avait remarqué des talents intéressants.

– Qu'est-ce que tu veux dire, Clém ?

— Ben, pas des talents ordinaires du style savoir chanter, danser ou jouer d'un instrument de musique. Tu as remarqué des talents époustouflants ?

— Euh, voyons. Ce matin, dans le parc, j'ai vu des garçons faire voler des cerfs-volants au bout de cannes à pêche. Ils étaient réellement très doués.

Ce numéro ne serait pas pratique à transposer sur une scène.

— Rien d'autre ? ai-je insisté.

— Eh bien, sur le chemin du retour, j'ai croisé une femme qui parlait au téléphone tout en portant un sac à main, un gobelet de café et en tenant son caniche en laisse. J'ignore comment elle arrivait à jongler avec tout ça.

Jongler, voilà un talent intéressant !

— Merci, papa, ai-je lancé.

Je suis vite rentrée à la maison. Par chance, j'ai tout de suite trouvé ce qu'il me fallait !

Le sac de maman était posé sur sa table à dessin à côté d'une tasse de café à moitié remplie. Le téléphone était sous mon lit, c'était sûrement Haricot Vert qui l'avait oublié là, ça ne pouvait pas être moi. Enfin, j'ai déniché mon chaton Hydrophile sous le canapé et je l'ai pris dans mes bras.

Bon, d'accord, un chaton n'est pas un caniche. Mais il faut savoir s'adapter.

Laissez-moi vous dire que c'est plutôt compliqué de tenir tous ces trucs en même temps. Avant que j'aie attrapé le téléphone et commencé à jongler, Hydrophile a vu un oiseau par la fenêtre. Il a aussitôt bondi, et mes accessoires sont tombés par terre.

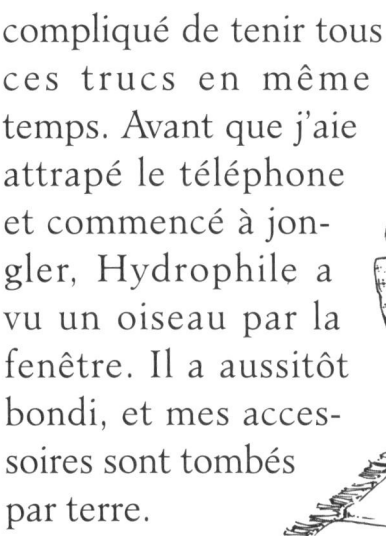

Au moins, j'ai compris la différence entre *écrasé* et *brisé* : il est plus difficile de ramasser ce qui s'est *brisé* en mille morceaux que ce qui s'est juste *écrasé* au sol. J'ai aussi appris que le café est plus facile à nettoyer quand on le renverse sur un tapis marron foncé !

Je suis ressortie demander à mon père si, entre-temps, il avait découvert d'autres talents.

Il a posé son sécateur.

– Pourquoi cet intérêt soudain pour les talents, Clém ?

J'ai sorti de ma poche la feuille idiote que nous avait distribuée le maître et je la lui ai tendue. Il a lu à haute voix :

– « Soirée des Stars aux Mille Talents ». Avec un titre pareil, le spectacle promet d'être impressionnant.

J'ai levé le doigt vers le cinquième étage de l'immeuble.

– Ah, a-t-il soupiré, l'air entendu. C'est Margaret qui a trouvé ce titre.

J'ai hoché la tête et ajouté :

– Margaret a des centaines de talents. Elle va préparer un numéro époustouflant pour le spectacle.

– Et tu essaies de trouver un truc époustouflant à présenter toi aussi, c'est ça?

– Pas vraiment. J'essaie de trouver un truc tout court. Je n'ai aucun talent.

– Tu plaisantes, Clémentine ? s'est offusqué papa. Tu es la personne la plus douée que je connaisse !

Évidemment, il ne pouvait pas dire le contraire puisque je suis sa fille. Pourtant, pendant une minute, j'ai pensé que papa et Mitchell avaient peut-être raison. Et si je possédais un grand talent que je ne connaissais pas encore ? Malheureusement papa a tout gâché dès qu'il a rouvert la bouche.

– Regarde comme tu tailles bien le lierre, par exemple. C'est un don naturel chez toi. Tu débutes à peine et te voilà déjà championne de l'élagage !

– Papa ! ai-je bougonné.

Mon père se croit drôle. Je le trouve drôle, moi aussi, la plupart du temps.

– Et pense aux ingrédients incroyables que tu tartines sur un toast. Tu te souviens de la gelée au citron vert ? Je ne m'en suis pas encore remis. Du pur génie.

– Papa ! Je suis sérieuse, ai-je protesté.

– OK, soyons sérieux. Bon, voyons voir. Pas de doute, tu es douée en maths. Et en dessin. Tu excelles aussi à envisager les situations sous un angle inattendu. Et tu as des idées extra fabuleuses. Tu te rappelles ta victoire pendant la Grande Guerre des Pigeons[1] ? Tu es également championne pour détecter les choses intéressantes. Tu as un esprit curieux. Tu poses des questions pertinentes. Tu…

– Papa ! Arrête ! l'ai-je coupé. Je ne peux rien faire de tout ça sur une scène !

Mais il ne m'écoutait pas.

1. Lire *La folle semaine de Clémentine* dans la même collection.

– En plus, tu es très empathique. Tu sais ce que ça signifie ?

J'ai secoué la tête. Ça devait être un truc du genre « être douée pour un instrument de musique dont personne n'a jamais entendu parler ».

Papa s'est rassis sur le muret de briques et m'a invitée à m'asseoir près de lui. Je l'ai rejoint.

– Être empathique est une qualité précieuse, a-t-il expliqué. Ça signifie que tu sais déceler ce que ressentent les autres. Et que tu t'y intéresses.

Soudain, je me suis sentie très empathique : j'ai compris que mon père commençait à s'inquiéter pour moi et qu'il serait très triste s'il ne parvenait pas à m'aider.

J'ai sauté sur mes pieds.

– Merci, papa ! me suis-je exclamée. Je me sens beaucoup mieux maintenant !

Je lui ai adressé un grand sourire avant de me précipiter à l'intérieur de l'immeuble. Parce que si papa était lui aussi empathique, il risquait de deviner ce que je ressentais réellement.

MERCREDI

Premières répétitions

Mercredi matin, juste après le Serment au Drapeau, la maîtresse de Margaret est venue dans notre classe. Il paraît que les CM1 sont assez raisonnables pour qu'on puisse les laisser seuls pendant plusieurs minutes. À mon avis, ce n'est pas une très bonne idée. Je connais Margaret et jamais je ne la laisse seule dans ma chambre.

Peu importe, j'étais contente de pouvoir observer la drôle de coiffure de la maîtresse de Margaret. Ses cheveux enroulés sur sa tête ressemblent à une tornade. Peut-être que quand elle retire ses épingles, la tornade décolle de sa tête et s'envole en tourbillonnant. J'aimerais voir ça.

– Bonjour les enfants. Je suis chargée de la mise en scène du spectacle, a-t-elle annoncé. Chaque matin, nous consacrerons quelques instants à la répétition de vos numéros. Ainsi, le grand soir venu, tout se déroulera à la perfection.

Le maître a échangé un regard avec elle. J'ai compris qu'aucun des deux n'y croyait une seconde, mais qu'ils ne pouvaient pas le dire.

– Qui souhaite faire une démonstration aujourd'hui ?

Tous les élèves, sauf moi, ont levé la main. Le maître a commencé par le premier rang.

Maria a annoncé :

– Mon numéro s'appelle « La Roue Époustouflante ».

Elle a exécuté une roue qui s'est terminée dans le tableau noir. Tout le monde a été très étonné de constater qu'un tableau de cette taille pouvait tomber sur une élève sans l'écraser.

– Rien de cassé, Maria ? s'est inquiété le maître en redressant le tableau.

– Oh non, a dit Maria. J'ai l'habitude.

– Bon, mais par précaution, tu devrais aller voir l'infirmière. Et je m'assurerai qu'il n'y a pas de tableau noir sur scène, samedi soir.

Puis il a désigné l'élève suivant, qui s'appelle Morris ou Boris, je ne me souviens jamais de son prénom.

– J'ai baptisé mon numéro « La Roue Fulgurante », a annoncé Morris-Boris en se levant d'un bond.

– Non! Attends! a crié le maître en se jetant devant l'aquarium pour le protéger.

Trop tard! Morris-Boris s'élançait déjà. Par chance, il n'a pas renversé l'aquarium, seulement la cage des hamsters. Flash et Boum étaient si éberlués d'avoir atterri sur le plancher qu'ils n'ont même pas tenté de se sauver quand Morris-Boris les a ramassés.

– Merci, Norris, rien de cassé? a demandé le maître.

Oh. Morris-Boris s'appelle Norris. J'ai tracé un gros *N* sur mon bras pour m'en souvenir.

– On évitera également de placer une cage de hamsters sur scène, a repris le maître. Et par précaution, tu devrais aller aussi à l'infirmerie, Norris.

Je ne sais pas pourquoi le maître tenait tant à envoyer Maria et Norris chez l'infirmière. Quand on vient lui annoncer qu'on est très malade, elle lève les yeux au ciel. Elle a toujours l'air de s'ennuyer. Elle attend sûrement qu'une très grosse épidémie frappe l'école pour se sentir vraiment utile. À mon avis, même si Maria et Norris ont des bosses aussi grosses que des citrouilles, elle se contentera de leur mettre sur le front une compresse d'eau froide.

– Bon, a dit le maître. Est-ce que quelqu'un sait faire autre chose que la roue?

Presque tous les élèves ont renoncé à lever la main. Sauf Joe.

Le maître lui a demandé ce qu'il avait à proposer.

J'espérais en secret que le numéro de Joe serait quand même une roue parce que Joe est assez court sur pattes. D'ailleurs tout est court chez lui : son prénom, ses cheveux, ses oreilles, ses bras, ses jambes. S'il faisait la roue, il ressemblerait à une étoile de mer qui tournoie et j'aimerais voir ça.

Manque de chance, Joe a sorti un harmonica de sa poche.

– Je vais jouer un air et mon chien va chanter, a-t-il expliqué.

– Ton chien ? s'est étonné le maître. Ton chien sait chanter ?

Joe a ouvert la fenêtre et sifflé. Buddy, son grand chien brun, qui l'attend toute la journée dans l'aire de jeux devant l'école, est arrivé ventre à terre et a posé deux pattes sur le rebord de la fenêtre.

Dès que Joe a soufflé dans son harmonica, Buddy a rejeté sa tête en arrière, fermé les yeux et s'est mis à hurler.

– Vous voyez ? a dit Joe à la fin du numéro. Buddy adore que je joue de l'harmonica.

– Heu, oui... peut-être... a bafouillé le maître.

La maîtresse de Margaret s'est approchée. Elle a gribouillé quelques mots dans son carnet puis les lui a montrés.

À mon avis, elle avait écrit « Au moins, il ne fait pas la roue, celui-là ! », parce que le maître a dit :

– Bon, c'est d'accord, Joe. À deux conditions : Buddy doit être tenu en laisse et s'il a un petit accident sur scène, c'est toi qui nettoies.

Joe a accepté. Sur ce, le maître a déclaré :

– Ça suffit pour aujourd'hui. C'est l'heure du cours d'histoire-géographie.

Ouf ! Sauvée ! Mon tour venait juste après Joe...

Il n'empêche que je n'avais toujours pas de numéro à présenter et que je n'arrêtais pas d'y penser. Pendant le cours, le maître a répété au moins six fois « Clémentine, tu n'es pas attentive ! », ce qui est beaucoup, même pour moi.

Après l'école, dans le bus, j'étais si épuisée de m'être autant inquiétée que mon cou n'avait plus la force de soutenir ma tête. Je me suis affalée sur le siège.

– Qu'est-ce qui t'arrive ? s'est inquiétée Margaret. Tu es malade ?

– Peut-être…

– J'espère que ça ne t'empêchera pas de venir à la Soirée des Talents samedi. Tu raterais mon numéro. Ce serait vraiment dommage car il pourrait t'être utile.

Je me suis légèrement redressée.

– Quoi ? Quel numéro ?

– Il s'appelle « Comment s'habiller à la mode ».

– Mais ce n'est pas un numéro ! ai-je répliqué.

– Bien sûr que si ! Je possède le talent de m'habiller à la mode. Pas comme certaines, a-t-elle affirmé en me regardant droit dans les yeux.

– Et tes autres talents ? Faire des acrobaties, chanter et jouer de l'accordéon ?

– Oh, beaucoup d'autres élèves en sont capables. Par contre, s'habiller à la mode est un don très spécial. Et il pourra rendre service à certaines.

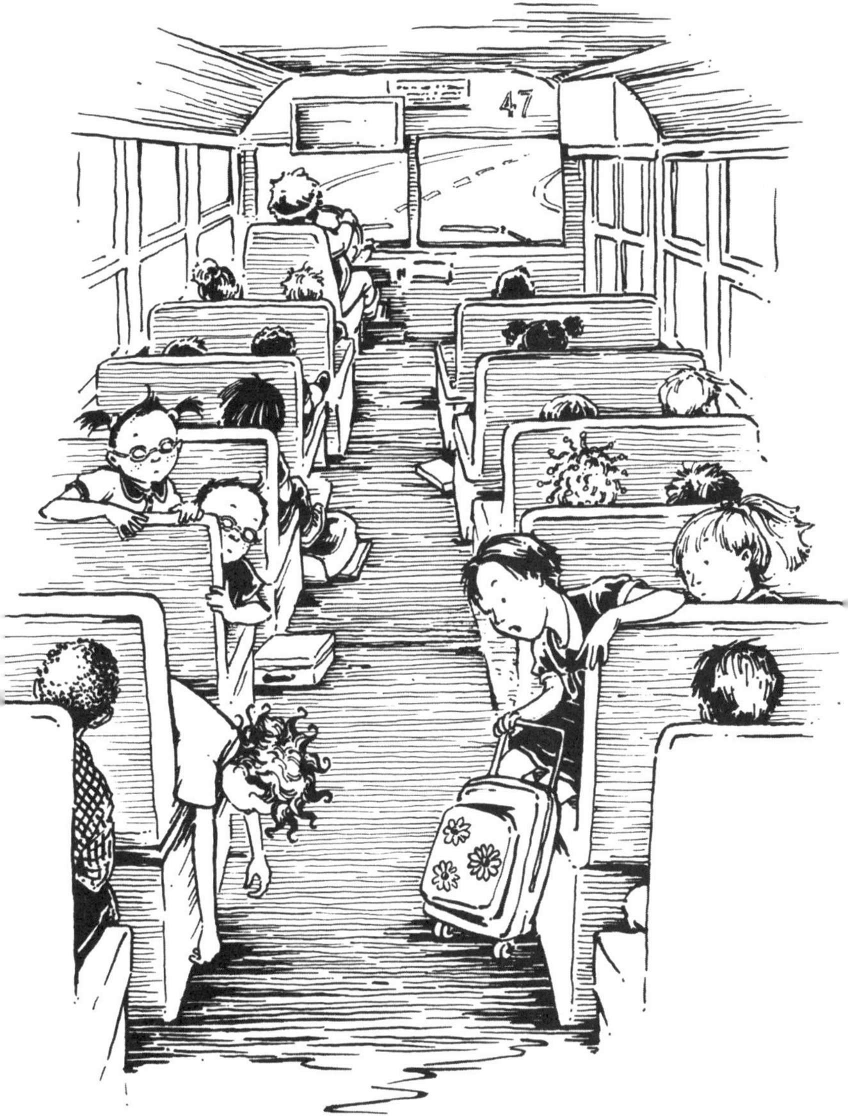
47

Et elle m'a de nouveau lancé un regard appuyé en prononçant « certaines ». Mais je m'en moquais parce que je venais d'avoir une idée.

– Je peux utiliser un de tes autres talents, alors ? Un de ceux qui ne te serviront à rien ?

Margaret m'a jeté un regard en biais. J'ai insisté :

– Tu peux m'en montrer un ? Puisque tu ne l'utiliseras pas...

Elle a réfléchi une minute avant d'accepter :

– Bon, d'accord. On peut toujours *essayer*. Viens chez moi demain, après l'école.

JEUDI

Les idées de Margaret

La journée du jeudi m'a paru très longue. Enfin, la cloche a sonné la fin des cours et j'ai accompagné Margaret chez elle.

À peine entrée dans sa chambre, elle a déclaré :

– On va d'abord passer en revue mes talents par ordre alphabétique. Commençons par la lettre **A**.

Elle a descendu son **accordéon** d'une étagère. Puis son regard a fait l'aller-retour entre mes mains et les touches de l'instrument, et elle l'a reposé là où elle l'avait pris.

– Risque de traces de doigts, a-t-elle décrété.

Il faut dire que Margaret est très maniaque. À la place, elle m'a tendu son **bâton** de majorette. Que j'ai aussitôt laissé tomber par terre.

– On oublie aussi le lancer de bâton.
– Et la **clarinette** ? ai-je suggéré.
Elle a secoué la tête.
– Non. Tu risquerais de cracher dedans. Essaie plutôt la **comédie**. Fais semblant d'apprendre une nouvelle incroyable par exemple.

J'ai plaqué les mains sur mes joues en arrondissant la bouche en forme de O majuscule.

– Laisse tomber la comédie, a-t-elle décidé.

Margaret commençait à s'impatienter. Elle est donc passée directement à la lettre **E** comme **équitation**. Elle a vite abandonné l'idée : j'aurais eu besoin d'un cheval.

Le talent suivant était **l'escrime** mais d'après Margaret je n'étais pas assez mûre pour manier son épée.

J'allais perdre espoir lorsque soudain son visage s'est éclairé.

— Oh ! J'ai failli oublier les **claquettes** !

— Les claquettes, c'est facile ? ai-je demandé.

— Ah non, c'est extrêmement difficile. Mais tu pourrais te contenter de taper des pieds le plus fort possible.

— Je sais taper des pieds, ai-je approuvé. Il me faut juste des claquettes !

— J'en ai une vieille paire. Je vais te la prêter.

Margaret m'a conduite devant sa penderie, qui ressemble à un magasin de vêtements. Tout y est impeccablement plié ou suspendu. Il ne manque que les pancartes « Soldes imbattables sur les pulls ! » ou « La nouvelle collection est arrivée ! ». Une cloison entière est occupée par des casiers. Dans chacun d'eux, Margaret a rangé une paire de chaussures enveloppée d'un sac en plastique.

– À quoi ils servent ? ai-je demandé en désignant les sacs.

Margaret a frémi en faisant la grimace comme si elle venait d'avaler un crapaud.

– Pense aux microbes ! a-t-elle soufflé.

– Dedans ou dehors ?

– Quoi, dedans ou dehors ?

– Les microbes, tu veux les empêcher d'entrer ou de sortir des sacs ?

Le regard noir qu'elle m'a adressé insinuait que ma question stupide ne méritait aucune réponse. Mais, à mon avis, Margaret ne savait pas quoi dire.

Elle a choisi un sac, me l'a tendu, puis s'est ravisée.

– Va d'abord te laver les mains, a-t-elle ordonné.

J'ai suivi le doigt autoritaire qu'elle tendait en direction de sa salle de bains. Car Margaret a sa propre salle de bains ; elle n'est pas obligée de la partager avec son frère, contrairement à moi.

La sienne ressemble à un magasin de salles de bains. Bon, d'accord, je ne suis jamais entrée dans un magasin de ce genre. Mais à mon avis, il n'y a qu'une différence entre les magasins de salles de bains et la salle de bains de Margaret : les prix sont affichés sur les robinets, le savon et le papier toilette.

J'ai examiné mes mains : elles me paraissaient propres. Je les ai touchées, elles étaient parfaites – ni trop glissantes, ni trop collantes. En plus, elles sentaient très bon : crayon de couleur neuf et chewing-gum au cassis. C'est difficile d'obtenir une odeur aussi délicieuse.

Alors j'ai fait semblant de me laver les mains grâce à une méthode géniale de mon invention. D'abord, je fais couler l'eau et je passe le savon sous le robinet avant de le reposer à sa place. Ensuite vient l'étape la plus compliquée car la serviette ne doit ni sembler trop sèche, ni trop mouillée.

Je l'attrape par un bout, je tamponne légèrement le fond du lavabo avec, puis je la dépose sur le bord, un peu chiffonnée.

Une fois mon stratagème accompli, je suis retournée dans la chambre et j'ai ôté mes chaussures.

Margaret a écarquillé les yeux à tel point que j'ai cru qu'ils allaient surgir de leurs orbites sur des ressorts, comme dans les dessins animés.

– Clémentine, tes pieds ! s'est-elle étranglée. Ils sont immenses !

– Chhhhhut ! ai-je soufflé au cas où Mitchell serait dans les parages.

Je n'avais aucune envie qu'il entende sa remarque.

– Ils sont aussi grands que les miens ! a constaté Margaret en plaçant un pied près du mien. Mes vieilles chaussures de claquettes ne t'iront jamais.

J'ai quand même essayé de les enfiler, malheureusement elles étaient vraiment trop petites. Soudain, je me suis sentie pleine d'empathie pour les sœurs de Cendrillon.

Accablée de tristesse, j'ai complètement oublié l'une des règles préférées de Margaret (elle a des règles pour tout) et je me suis écroulée sur son lit.

– Ne t'assieds pas ici, tu vas tout froisser ! a-t-elle hurlé.

Elle s'est précipitée sur moi pour me chasser et a soigneusement lissé le dessus-de-lit décoré de caniches coiffés de chapeaux.

Désemparée, je me suis perchée sur une chaise. Puis j'ai examiné les semelles de ses claquettes et une idée a jailli dans mon cerveau.

– Si je clouais des trucs qui font du bruit sous mes baskets, ça marcherait, non ?

– Heu… oui, sans doute, a admis Margaret.

– Attends-moi, je reviens tout de suite.

J'ai pris l'ascenseur jusqu'au sous-sol. Je savais exactement ce dont j'avais besoin.

Une fois par mois, les propriétaires des appartements se réunissent pour discuter des achats pour l'immeuble et décider combien chacun doit payer.

Pendant ces réunions, ils boivent de la bière. D'après mon père, ce n'est pas une très bonne idée parce qu'ensuite ils oublient les décisions qu'ils ont prises. Mais comme papa n'est que le gardien de l'immeuble, il ne peut pas leur dicter leur conduite. Il se contente de les laisser entreposer leur bière à la cave.

Cette bière est en bouteilles.

Et les bouteilles sont fermées par des capsules…

Une fois dans la cave, j'ai foncé vers l'établi où sont rangés les outils, j'ai pris une pince et j'ai commencé mon opération de décapsulage. Croyez-moi, ce n'est pas facile de décapsuler des bouteilles avec une pince, mais j'y suis quand même arrivée sans faire trop de dégâts : comme la bière s'est renversée en grande partie sur ma salopette, je n'ai eu qu'une petite flaque à éponger sur le sol.

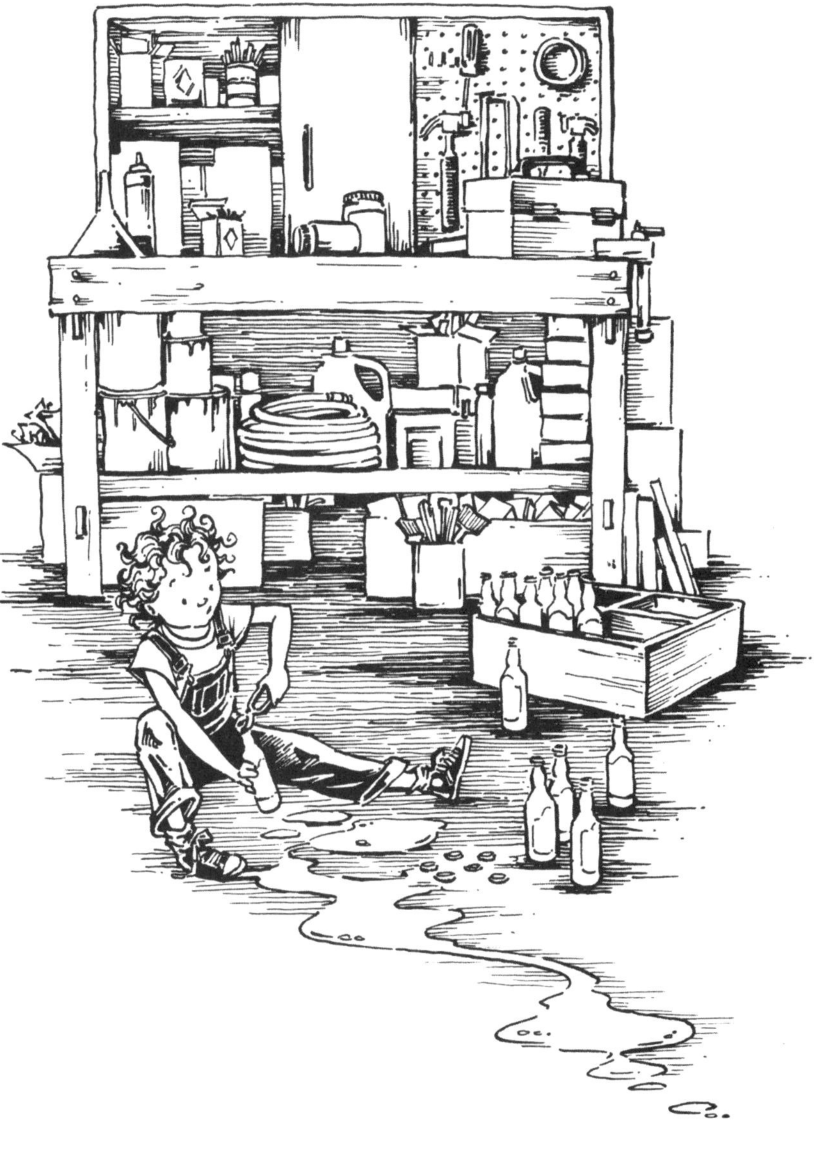

Ensuite, je suis retournée explorer le matériel posé sur l'établi. Et, grâce à la super-glu « spéciale gardien d'immeuble » de mon père, j'ai collé six capsules sous chacune des semelles de mes baskets. Je souriais toute seule en imaginant la joie des propriétaires, au début de leur prochaine réunion, lorsqu'ils découvriraient que leurs bouteilles étaient déjà décapsulées !

Une fois mon collage terminé, j'ai rechaussé mes baskets. Bien sûr j'avais du mal à marcher, mais je produisais exactement les mêmes sons qu'un danseur de claquettes !

J'ai repris l'ascenseur et appuyé sur le bouton du cinquième étage pour montrer le résultat à Margaret. Au rez-de-chaussée, la cabine s'est arrêtée et la porte s'est ouverte sur la mère de Margaret et Alan, son petit ami. Margaret et Mitchell ne l'aiment pas trop parce qu'il embrasse leur mère en public.

D'après eux, il devrait y avoir une règle interdisant aux adultes de s'embrasser en public si l'un des deux est votre père ou votre mère. C'est bien la seule chose au monde sur laquelle Mitchell et Margaret soient d'accord.

– Salut, Mandarine ! a lancé Alan.

Alan se croit drôle. Je ne partage pas son avis.

Il a humé l'air comme s'il détectait une odeur bizarre. Puis il s'est penché vers moi pour me renifler.

– Ça alors ! s'est-il exclamé.

La mère de Margaret s'est penchée à son tour avant de s'écrier :

– De la *bière* ?

Aussitôt elle a enfoncé le bouton STOP de l'ascenseur puis elle a pressé celui du sous-sol en déclarant :

– Je crois qu'une petite visite à tes parents s'impose, Clémentine.

JEUDI

Des baskets citron vert

Nous avons sonné chez mes parents et dès que maman a ouvert, la mère de Margaret m'a poussée dans l'appartement sans prononcer un mot.

– Oh, merci beaucoup d'avoir raccompagné Clémentine, Susan ! s'est écriée maman comme si mon arrivée sous escorte était une merveilleuse surprise.

Puis elle a refermé la porte de l'appartement.

Pendant que j'essayais de lui expliquer ce qui s'était passé, elle a prononcé un si grand nombre de « Enfin-Clémentine-où-avais-tu-donc-la-tête ? » que j'ai arrêté de les compter.

Mon père est arrivé. Maman lui a tout raconté, mais elle était si énervée qu'elle n'arrivait pas à finir ses phrases.

– Les bouteilles pour la réunion de… Elle a collé les capsules sous… Elle s'est renversé de la bière sur… Et maintenant elle empeste la…

Malgré tout, mon père a compris la situation et à son tour il a prononcé je ne sais combien de « Enfin-Clémentine-où-avais-tu-donc-la-tête ? ».

– En plus, ses baskets sont fichues maintenant, a ajouté maman.

– Donne-les-moi, a-t-il proposé. Je réussirai peut-être à retirer ces capsules.

J'ai crié :

– Non, papa, ne fais pas ça ! J'en ai besoin pour le spectacle de samedi ! Je prépare un numéro de claquettes !

Trop tard. Mon père avait déjà disparu. Mais la chance était avec moi, car il est revenu quelques minutes plus tard en tenant à la main mes claquettes intactes.

– Tu n'as pas réussi ? a demandé maman, l'air catastrophée.

– Non. Rien à faire.

– Alors ça signifie… a-t-elle commencé.

Leurs regards se sont croisés et ils ont crié en même temps :

– Ah non ! Pas moi !

– La dernière fois, c'est moi qui l'ai emmenée, a déclaré maman.

J'ai voulu les rassurer :

– Je vous promets de me conduire normalement.

Ils m'ont dévisagée comme si je parlais le martien, une langue que j'ai d'ailleurs l'intention d'apprendre un jour. Puis, ignorant ma remarque, ils ont repris leur discussion.

– Je suis obligé de rester ici, a tenté mon père. Imagine que l'ascenseur tombe en panne et qu'il faille appeler le service de réparation ?

– Et si un de mes clients a besoin d'une illustration en urgence ? a rétorqué ma mère. Non, je regrette, il m'est impossible de quitter la maison.

Mon père a alors changé de tactique.

– Si tu y vas, je te promets de préparer le dîner tous les soirs pendant une semaine.

– Et moi, pendant deux semaines. En plus, je ferai la vaisselle, a renchéri ma mère.

Mes parents se livrent toujours à ce genre de marchandage lorsqu'il est question de m'emmener avec eux faire des courses, ce qui ne m'amuse pas du tout.

Bon, d'accord, j'avoue que je m'attarde très, très longtemps dans les magasins. Papa et maman s'imaginent que j'ai du mal à faire des choix, mais c'est complètement faux. Je suis parfaitement capable de choisir. Le problème, c'est que si je choisis une chose, je suis obligée de *ne pas* en choisir une centaine d'autres. Ce qui complique tout.

Prenons l'exemple du marchand de bonbons. Si je choisis les chocolats fourrés au beurre de cacahuète, je suis obligée de *ne pas* choisir les rouleaux de réglisse rouge, les M&M's, les Fruit-tella et les chewing-gums. Sans parler des caramels, des crocodiles et des Dragibus.

Quel que soit mon choix, dès la première bouchée, je regrette les bonbons que je n'ai pas choisis.

Cependant, cette fois, je voulais bien essayer de m'améliorer.

– Aujourd'hui, je me dépêcherai, c'est promis, ai-je assuré.

Mes parents ont fait la grimace, l'air de dire : on a déjà entendu ça quelque part. Puis ma mère m'a ordonné d'enfiler une salopette propre. Quand je suis revenue, ils étaient encore en train de discuter.

– Je ferai le dîner et la vaisselle pendant trois semaines, promettait papa.

– Et moi, pendant un mois, renchérissait maman.

En attendant qu'ils aient fini, je me suis assise sur le canapé. Quand ils entament ce type de conversation, cela peut durer très longtemps. Finalement, mon père a ouvert son portefeuille et tendu tout son argent à ma mère.

– Si tu l'accompagnes, je t'offre une paire de chaussures à toi aussi, a-t-il proposé.
– Eh bien…
Elle pesait le pour et le contre.
– Et je t'inviterai à dîner au restaurant pour que tu puisses les porter, a ajouté papa.
Maman a fait mine de prendre les billets, avant de se raviser.

– Pas dans un fast-food ni une pizzeria ?

– Bien sûr que non, a protesté mon père. Dans un vrai restaurant avec une nappe blanche et des bougies.

– Comme le Ritz par exemple ? a suggéré maman.

Le Ritz est le restaurant le plus chic de Boston. Et le plus cher – probablement parce qu'ils ont besoin de beaucoup d'argent pour fabriquer les crackers Ritz[1].

– Marché conclu, a affirmé papa.

Alors mes parents ont souri et se sont embrassés. Voilà un secret que je n'ai jamais confié à Margaret ni à Mitchell : j'aime voir mes parents s'embrasser. Même en public.

Je suis donc sortie avec maman. En chemin, chaque fois qu'on ralentissait le pas, les passants reniflaient et plissaient le nez d'un air dégoûté.

Et, chaque fois, maman leur assurait :

– Ce n'est pas ce que vous croyez.

1. Marque de crackers célèbre aux États-Unis.

Puis elle m'obligeait à accélérer l'allure, ce qui n'est pas facile quand on a douze capsules de bouteilles collées sous ses semelles.

Arrivée devant le magasin, j'ai tout de suite repéré dans la vitrine une paire de baskets vert vif.

Je me suis précipitée à l'intérieur pour les attraper. Maman m'a retenue par la bretelle de ma salopette.

– Attends, Clémentine, on ne touche pas aux modèles exposés en vitrine. On doit d'abord s'adresser à un vendeur.

Coup de chance, il y en avait justement un qui accourait vers nous.

– Puis-je vous aider? a-t-il demandé.

J'ai montré la paire de baskets vert vif. Maman a précisé :

– Elle voudrait essayer ce modèle. En 36.

– Excellent choix, a approuvé le vendeur. Il fait partie de notre gamme « Sorbet ». Vous voyez ici le modèle citron vert, mais il en existe beaucoup d'autres, comme...

– Non ! s'est écriée maman, n'en dites pas plus ! Cette paire est parfaite.

Trop tard, il était lancé :

– ... citron, orange, noix de coco, raisin, myrtille, mangue et pamplemousse rose. Ces baskets ont un succès fou.

Maman a levé les bras au ciel.

– Apportez-les toutes, a-t-elle capitulé. Et prévoyez-les également en 36 et demi.

Puis elle s'est effondrée dans un fauteuil et a déclaré :

– Autant que je m'asseye, on est sans doute coincées ici pour très, très longtemps.

Le vendeur est revenu les bras chargés d'une immense pile de boîtes de baskets. Il les a ouvertes les unes après les autres et a disposé les paires de différentes couleurs en demi-cercle devant moi. On aurait dit un grand arc-en-ciel. Brusquement, en s'approchant de moi, il a reniflé puis s'est tourné vers ma mère d'un air incrédule.

– Ce n'est pas ce que vous croyez, a-t-elle soupiré en se recroquevillant dans son fauteuil avant d'admettre : Oh, et puis zut ! Si, vous avez raison, elle sent la bière.

Une fois cette question réglée, j'ai essayé tous les modèles de la gamme « Sorbet ».

Le vendeur m'a demandé si j'étais vraiment obligée de traverser le magasin en courant, de monter sur toutes les chaises puis de sauter par terre pour les tester. Si vous voulez mon avis, c'était la première fois qu'il vendait des chaussures.

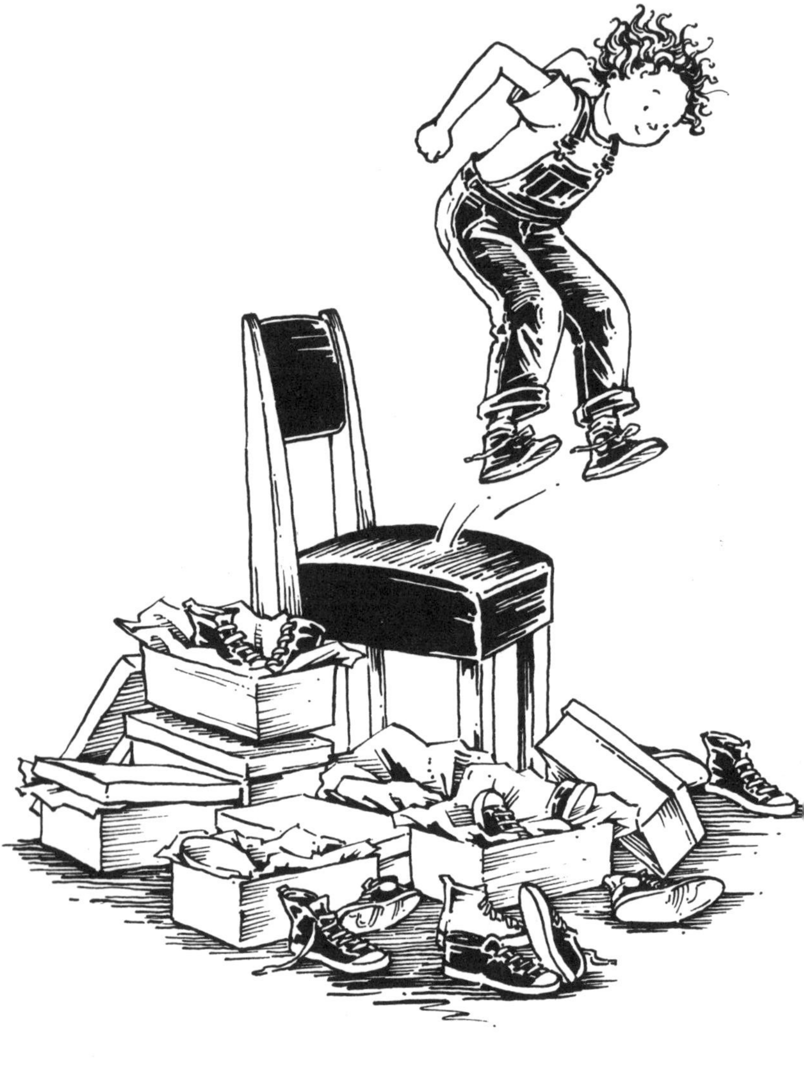

Avec les baskets myrtille, je filais comme l'éclair. Et les pamplemousse rose garantissaient un rebond incroyable. Alors, j'en ai chaussé une de chaque couleur. Le résultat était très confortable et très joli. Sauf que le vendeur n'a pas eu l'air emballé.

Ce n'était pas grave car je venais d'apercevoir sur une étagère, à côté de la vitrine, la plus merveilleuse paire de chaussures du monde : des mules violettes décorées de libellules vertes étincelantes. Bon, d'accord, elles avaient des talons aiguilles et j'ai horreur des objets pointus, mais j'ai quand même tendu le doigt vers elles.

– Est-ce que je peux...

Sans me laisser terminer ma phrase, ma mère et le vendeur ont crié d'une seule voix :

– Non ! Pas question que tu les essaies !

– Bon, d'accord, ai-je renoncé avant de demander : Qu'est-ce que vous avez comme autres modèles, alors ?

Maman s'est levée en soupirant :

– Je n'en peux plus.

Elle s'est adressée au vendeur :

– Si vous pouviez juste vérifier qu'elle choisit un modèle pratique...

Et elle lui a chuchoté quelques mots à l'oreille avant de partir explorer le rayon adulte.

Dès qu'elle s'est éloignée, j'ai demandé au vendeur s'il portait un tatouage. Je pose la question à tous les adultes que je croise, car je rêve d'en porter un quand je serai grande.

– Non, a-t-il répondu. Et toi ?

– Non, pas encore. Mais ça ne saurait tarder.

Ensuite, il est allé me chercher d'autres chaussures. Vous n'imaginez pas le nombre de paires que ce magasin cachait dans ses réserves ! Mes pieds étaient épuisés par tant d'essayages et ma tête endolorie à force de penser à tous les modèles que je ne choisirais pas.

Finalement, le vendeur a sorti d'une boîte des baskets rayées.

– Voilà, a-t-il annoncé, c'est la dernière paire que nous ayons.

Pendant qu'il les laçait à mes pieds, j'ai remarqué un truc incroyable.

– Hé ! Vous savez que vous avez un rond sans cheveux en haut du crâne ?

– Oui, je suis au courant, merci. Et toi, tu sais que tu empestes la bière ?

– Oui, je suis au courant, merci. J'ai bien réfléchi, je prendrai les baskets « Sorbet » citron vert.

– Je sais. Elles sont déjà emballées. Ta mère m'a prévenu que tu finirais par choisir celles-là.

Furieuse que maman ait deviné avant moi quelle paire je choisirais, je me suis avancée, lèvres pincées, vers la caisse où elle m'attendait, décidée à ne plus jamais lui adresser la parole.

Une fois dans la rue, elle m'a proposé :
– Tu veux voir la paire que je me suis achetée ?

Sans desserrer les lèvres, j'ai hoché la tête. Elle a ouvert son sac.

Et ma colère s'est subitement envolée.
– Waouh ! me suis-je exclamée.
– Je ne te le fais pas dire !

Nous nous sommes arrêtées pour admirer ses mules violettes « waouh ». Leurs talons me paraissaient encore plus fins et plus hauts que dans le magasin ; au soleil, les libellules vertes étincelaient comme des émeraudes. Elles étaient si belles que, soudain, leurs talons aiguilles ne me faisaient plus peur. J'étais réconciliée avec les objets pointus.

– Elles ne doivent pas être très pratiques pour marcher, ai-je tout de même remarqué.

– Non, absolument pas, a avoué maman. En fait, ce sont probablement les chaussures les moins pratiques du magasin. Mais l'avantage d'être adulte, c'est qu'on peut décider de les porter malgré tout.

– Je pourrai les essayer ? ai-je demandé, tout excitée.

– Bien sûr, a-t-elle murmuré en se penchant vers moi.

J'empestais encore la bière, pourtant maman m'a serrée dans ses bras en souriant.

– Mais à une condition, a-t-elle ajouté. Que tu prennes un bain.

VENDREDI

Une leçon de claquettes

Vendredi matin, à l'arrêt de bus, j'ai montré mes baskets neuves à Margaret.
– Ah, oui, a-t-elle commenté.
Elle a fait semblant de bâiller avant de préciser :
– J'avais les mêmes quand j'étais petite. Sauf qu'elles n'étaient pas vertes. Le vert est une couleur trop ringarde.
Vraiment, cette Margaret, elle exagère !
Du coup, une fois dans le bus, j'ai dissimulé mes pieds sous mon sac à dos et j'ai passé le trajet à regarder par la vitre. Je peux vous dire qu'il y a quatre-vingt-quatorze lampadaires entre l'arrêt de bus et l'école, je les ai comptés.

En classe, une surprise nous attendait : on avait une remplaçante, Mme Bien-Bien. Je l'appelle comme ça parce qu'elle disait toujours « Bien, bien ». Et aussi parce que, je l'avoue, je ne me souviens pas de son nom.

Avoir une remplaçante était une bonne surprise. Premièrement parce qu'après avoir lu les consignes laissées par le maître elle a annoncé :

– Je suis désolée, mais on ne pourra pas répéter les derniers numéros de votre spectacle. Ce sera déjà un miracle si j'arrive à comprendre quelles leçons je suis censée vous apprendre.

Deuxièmement parce que Mme Bien-Bien m'a inspiré l'idée la plus mirobolante de ma vie.

J'ai levé la main.

– Oui ? a dit Mme Bien-Bien.

– Il faut que j'aille dans le bureau de la directrice, lui ai-je signalé.

– Bien, bien, a répondu Mme Bien-Bien.

Ce qu'il y a de pratique avec les remplaçants, c'est qu'ils ne demandent jamais d'explications.

Je me suis rendue au bureau de Mme Pain en marchant, épreuve très difficile pour mes baskets neuves qui mouraient d'envie de courir, et j'ai frappé à la porte.

– J'ai des baskets neuves, ai-je claironné en entrant.

– Je vois ça. Tu as un mot de la maîtresse? a questionné Mme Pain.

– Non. Je suis juste venue vous dire que demain soir je ne viendrai pas à la Soirée des Talents, j'enverrai une remplaçante.

– Une remplaçante?

– Oui. Le maître se fait bien remplacer aujourd'hui, lui.

– Je suis désolée, Clémentine, les élèves remplaçants, ça n'existe pas.

– Mais si un professeur a le droit d'avoir un remplaçant, pourquoi un élève ne pourrait pas en avoir, lui aussi?

La directrice m'a dévisagée pendant un long moment.

– Tu sais que tu es la première à me poser cette question, Clémentine ? C'est une bonne question. Une excellente question. Je regrette, tu ne peux pas avoir de remplaçante, néanmoins je prendrai le temps de réfléchir à une excellente raison à te donner plus tard.

– Oh. Alors je n'ai plus rien à faire dans votre bureau ?

– Tu n'as plus rien à faire dans mon bureau, a confirmé Mme Pain. Pour le moment du moins.

Après l'école, j'ai apporté mes baskets transformées en claquettes chez Margaret.

– Je vais t'apprendre un enchaînement très simple, a-t-elle décidé. Mais n'oublie pas : tu dois faire tout ce que je dis. Tu as huit ans, et moi neuf. Donc c'est moi qui commande.

Je n'aime pas beaucoup cette règle.

– Et Mitchell ? ai-je demandé. Comme il est plus vieux que toi, c'est lui qui te commande ?

– Mitchell est Mitchell, a rétorqué Margaret. Il ne commande personne.

– Et mes parents, alors ? ai-je insisté. Si on suit ton raisonnement, ce sont eux qui commandent tout le monde.

– Absolument pas. Ma mère est beaucoup plus âgée que tes parents. C'est elle qui commande. Donc tu dois faire ce que je dis.

Parfois, Margaret me rend folle. J'ai tenté une dernière astuce :

– Ah oui ? Et madame Jacobi qui habite au dernier étage, alors ? Elle a au moins cent ans. Elle est bien plus vieille que ta mère, non ? Donc, c'est elle qui commande.

Ma remarque lui a cloué le bec pendant quelques secondes.

– Je ne sais pas, a-t-elle fini par avouer. Les adultes ont leurs propres règles.

Puis son visage s'est éclairé et elle a conclu :

– On fait juste comme j'ai dit, c'est moi qui commande.

J'ai songé à la Soirée des Talents. Et à moi qui n'en avais aucun.

— Bon, d'accord, ai-je cédé. Mais seulement pour aujourd'hui.

Margaret a enfilé ses chaussures de claquettes, et moi mes baskets avec des capsules. Elle a roulé le tapis de sa chambre puis elle s'est mise à danser.

— L'enchaînement s'appelle *Sur la route de Buffalo*. Je l'exécute merveilleusement bien. Tu n'as qu'à m'imiter.

Je ne demandais pas mieux, sauf que Margaret semblait réaliser quatre millions de figures à la fois.

– Tête haute, dos droit, bras souples, grand sourire ! *Flap, flap, step, step, ball-shuffle, change !*

Ses pieds bougeaient si vite que je ne les distinguais pas l'un de l'autre. Je me suis quand même levée pour essayer.

Croyez-moi, un parquet ciré glisse horriblement lorsqu'on a douze capsules de bouteille collées sous ses semelles. Dès le premier pas, j'ai dérapé et foncé dans la coiffeuse de Margaret.

Flacons de parfum, brosses à cheveux, bagues, barrettes et rubans ont volé dans toutes les directions.

Margaret a grimacé, l'air de dire : « Clémentine, tu es vraiment un cas désespéré ! »

Je le savais déjà.

Pourtant, tout en ramassant ses affaires, Margaret a prononcé des paroles surprenantes :

– Les claquettes, ce n'est pas ton truc. Mais il nous reste encore un peu de temps avant la Soirée des Talents. Je vais tenter de trouver un numéro dans lequel tu seras moins catastrophique.

Peut-être qu'elle était un peu empathique, elle aussi, finalement.

– Merci pour la leçon, en tout cas, ai-je lancé.

J'ai remis mes baskets neuves et je suis sortie dans la rue où mon père finissait de tailler le lierre. Avec un peu de chance, il aurait découvert de nouveaux talents vraiment époustouflants. Mais je n'ai pas eu le temps de lui annoncer la mauvaise nouvelle, à savoir que sa fille était nulle en claquettes, car mon frère est apparu avec maman. Il a foncé vers nous et il a tenté de s'emparer du sécateur.

– Hou là ! Désolé, l'ami, ce n'est pas un jouet pour les petits garçons, a dit papa en mettant l'outil hors de sa portée.

Chou-fleur a froncé le nez et son visage s'est plissé ; on allait avoir droit à une grosse crise de larmes.

Pour éviter le drame, je me suis dépêchée de glisser du lierre dans mes manches, autour de ma taille et dans l'encolure de mon tee-shirt, et j'ai titubé dans sa direction en agitant les bras et en criant :

– Au secours ! Au secours ! J'ai avalé des graines de lierre et il a poussé dans mon ventre !

Ça l'a tellement fait rire qu'il a oublié de pleurer.

– Eh bien Clémentine ! Tu vois ? s'est exclamé mon père. Tu as un talent de plus à ton actif ! Personne au monde n'est capable de faire rire ton frère autant que toi.

– Je te rappelle qu'on doit pouvoir montrer son talent sur scène, papa, ai-je observé.

Et soudain, j'ai pensé à Joe et au numéro qu'il allait présenter avec son chien Buddy. Je me suis tournée vers ma mère.

– Dis, maman, est-ce que Betterave risque encore d'avoir un accident ?

– Premièrement, ton frère ne s'appelle pas Betterave, a-t-elle répliqué. Deuxièmement, je ne comprends pas de quel accident tu parles.

– Ben... il ne porte plus de couches, non ? Est-ce que s'il entendait un bruit très impressionnant, des applaudissements par exemple, il se tiendrait comme il faut, il ne...

– Ah ! Oh, non, m'a assuré maman. Il n'a plus ce genre de problème. Tu poses des questions vraiment bizarres, Clémentine. Bon, je vous laisse, on va être en retard à la baby gym.

Sur ce, elle s'est éloignée avec mon petit frère, qui continuait à se tordre de rire.

Alors j'ai pensé à un autre détail. Le maître ne m'obligerait probablement pas à mettre une laisse à Champignon comme il avait obligé Joe à mettre une laisse à son chien. Mais la maîtresse de Margaret ? Elle adore obéir aux règles.

– Papa ? ai-je demandé. Est-ce qu'on a une laisse ?

– Une laisse ? Non, bien sûr que non. Pourquoi ?

– Tu connais quelqu'un qui en a une ? J'aurais juste besoin de l'emprunter pendant un jour ou deux.

– Eh bien, j'en ai vu une dans la cave de madame Jacobi. Elle avait un dalmatien à une époque. Tu n'as qu'à la lui demander.

Dans l'immeuble, mon père est au courant de tout ; il répète sans arrêt que les copropriétaires ont de la chance qu'il sache tenir sa langue.

– Tu sais Clémentine, a-t-il repris, je ne suis pas sûr qu'Hydrophile appréciera.

– Mais enfin, papa ! me suis-je écriée. Tu ne crois quand même pas que je vais mettre un *chat* en laisse !

SAMEDI

La répétition générale

Samedi matin, au petit-déjeuner, j'ai rappelé à mes parents que la Soirée des Talents avait lieu le jour même.

– Vous y serez, dites ? Le spectacle commence à six heures. Vous y serez, dites ?

– Sans faute, m'a assuré maman. Ton père et moi, nous dînons au restaurant beaucoup plus tard. Au fait, tu ne nous as pas encore montré ton numéro de claquettes. Tu veux t'entraîner devant nous ?

– Oh, non, pas la peine, j'ai changé de numéro. J'ai trouvé un truc pour lequel je suis vraiment douée.

Quand mes parents ont voulu en savoir davantage, je leur ai dit que c'était une surprise.

– Vous allez adorer ! leur ai-je promis.

Puis j'ai emmené Soja répéter dans ma chambre. Je l'ai tout de suite mis en condition.

– Il était une fois un type qui s'appelait Elvis. Son boulot était de chanter et danser jusqu'à ce que toutes les filles tombent à la renverse, le cœur chaviré, et rêvent de se marier avec lui.

J'ai fait semblant de jouer de la guitare et j'ai entonné la chanson *Hound Dog* d'Elvis Presley. Ouiiii ! Potiron s'est mis à rire si fort que j'ai cru qu'il allait vomir ses céréales.

L'année dernière, en regardant un vieux show à la télévision avec mes parents, je me suis rendu compte que cet Elvis amusait énormément mon petit frère. Le lendemain, quand j'avais imité le King[1] devant lui, Épinard avait éclaté de rire. Je ne connaissais que le premier vers de la chanson, mais ça n'avait

1. Surnom du célèbre chanteur Elvis Presley.

aucune importance. Que je chante les vraies paroles ou « Y a du yaourt dans tes chaussures », mon petit frère riait comme un fou.

Mes parents ont baptisé mon imitation d'Elvis « L'antidote ». Chaque fois que Pois Chiche est de mauvaise humeur, ils me demandent de l'aide. Parce que ce numéro ne fonctionne qu'avec moi.

Si papa ou maman essaient, il les dévisage avec des yeux ronds comme s'il avait du mal à les reconnaître. Une fois, Margaret a tenté de me remplacer : mon petit frère a couru se cacher sous son lit et je n'ai réussi à le sortir de là qu'en le tirant par les pieds.

– Choubidoubidouwouah, et... rideau! ai-je conclu.

Carotte s'est écroulé sur mon lit. Il riait tellement que des larmes giclaient de ses yeux.

Alors j'ai sorti la laisse que Mme Jacobi m'avait prêtée.

– Désolée, Salsifis, mais la maîtresse de Margaret risque de t'obliger à la porter. Ne t'inquiète pas, je ne te la passerai pas autour du cou.

J'ai enfilé la laisse autour des bretelles de sa salopette, serré la boucle sur son dos et guetté sa réaction.

Concombre s'est aussitôt mis à quatre pattes.

– Ouaf! Ouaf! Je suis un chien!
– Non, tu n'es pas un chien, ai-je protesté.

– Grrrrrr... si, je suis un chien !

Tout à coup, j'ai trouvé son idée géniale ! La chanson parlait d'un chien, mon petit frère jouerait le chien pendant mon numéro.

– D'accord, ai-je approuvé. Tu es un chien. Mais rappelle-toi que, ce soir, tu joues un chien qui meurt de rire devant le show d'Elvis.

On s'est entraînés et c'était époustouflant. Ensuite, pendant que Patate faisait sa sieste, je me suis exercée à annoncer :

– Mon numéro s'intitule « Elvis et le chien mort de rire ».

Grandiose !

Juste avant quatre heures, j'ai rappelé à mon père qu'il devait me conduire à la répétition générale.

– Oh, et il faut emmener Oignon avec nous, ai-je ajouté.

– Premièrement, ton frère ne s'appelle pas Oignon. Deuxièmement, je ne vois pas pourquoi il devrait nous accompagner.

J'étais obligée de lui dévoiler mon numéro.

– Tu promets de ne rien dire à maman, hein ? Il faut que ce soit une surprise !

– Non, je ne lui dirai rien, tu peux me faire confiance. Mais ton frère ne viendra pas à la répétition. Parce qu'il est hors de question de le faire monter sur scène au bout d'une laisse.

– Il adore ça ! ai-je protesté. Il se prend pour un chien !

– Non, Clém. Crois-moi, c'est absolument impossible.

– Mais…

– Il n'y a pas de mais. Maintenant, monte dans la voiture, il est bientôt quatre heures.

J'ai alors commis une grosse erreur : je suis montée dans la voiture. J'étais tellement occupée à ruminer cette affreuse journée, la plus nulle de ma vie, que j'ai oublié qu'elle serait encore plus catastrophique si je participais à la répétition.

Dès que j'ai pénétré dans la salle de spectacle de l'école, j'ai repéré à côté de l'estrade la maîtresse de Margaret et Mme Pain perchées sur des chaises de metteur en scène. J'ai voulu me cacher, mais la maîtresse de Margaret m'a aperçue. Elle a jeté un coup d'œil sur son programme et elle a froncé les sourcils.

– Clémentine ! a-t-elle crié si fort que tous les élèves se sont figés sur place pour l'écouter. Ton nom n'apparaît pas sur ma liste. Peu importe, nous te trouverons une place. Qu'est-ce que tu as préparé ?

Je me suis rapprochée pour lui confier à l'oreille que je n'avais pas de numéro. Avec un peu de chance, les autres élèves penseraient que j'avais tellement de talents que je ne savais pas lequel choisir.

– Comment ça, tu n'as rien préparé ? a-t-elle hurlé.

Bon, d'accord. Elle n'a sans doute pas hurlé. Mais comme tous les élèves tendaient l'oreille, ils l'ont entendue.

Un des CM1 a lancé :

– Hé, Clémentine ! Tu as les joues écarlates ! On dirait qu'elles vont prendre feu ! C'est ça ton numéro ?

Les autres élèves – ils étaient au moins un million – ont éclaté de rire, alors que ce n'était pas drôle du tout.

Mais il avait raison sur un point : quand je suis gênée, je deviens toute rouge. Je n'ai donc rien répliqué et je me suis contentée de baisser la tête.

Heureusement, Mme Pain m'a appelée :
– Viens t'asseoir à côté de moi, Clémentine. Tu me tiendras compagnie pendant la répétition.

À présent, j'étais obligée de m'installer entre Mme Pain et la maîtresse de Margaret sur le côté de la scène. Je serais exposée au regard des élèves, qui ne pourraient oublier mon manque de talents.

Le premier numéro s'appelait « Les Douze Fous de la Roue ». Douze élèves se sont alignés au fond de la scène.

– Attendez ! ai-je crié.

J'ai couru au gymnase et rapporté un tapis en mousse que j'ai posé au pied de la scène. Puis j'ai demandé aux Fous de la Roue d'en apporter d'autres. Ils m'ont aidée à les empiler.

La maîtresse de Margaret m'a jeté un regard noir en tapotant le cadran de sa montre. Elle s'impatientait.

– Mieux vaut mettre ces tapis par terre, lui ai-je expliqué. Certains élèves risquent d'être emportés par leur élan et de tomber de la scène.

La suite m'a donné raison. Une demi-douzaine de Fous de la Roue ont volé dans les airs et atterri directement sur les tapis. À peine s'était-on assuré qu'ils n'avaient rien de cassé que mon œil de lynx a repéré un nouveau problème qui exigeait toute mon attention.

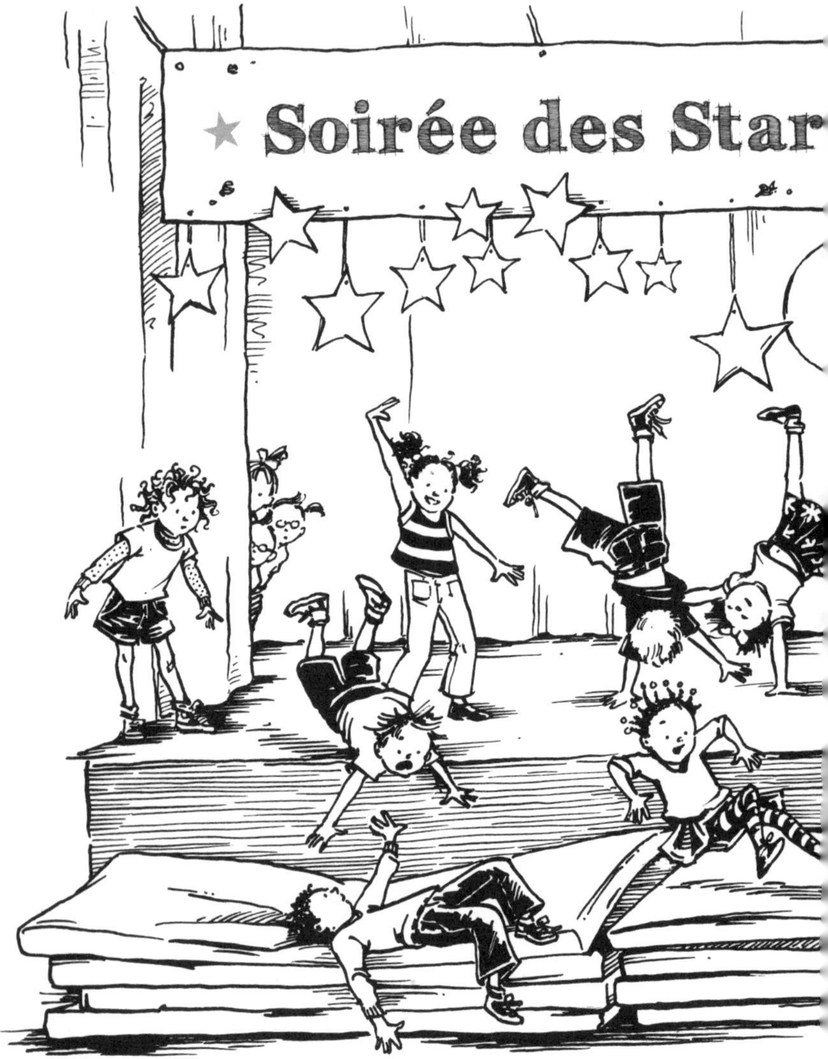
Soirée des Star

ux Mille Talents !

– Stop ! ai-je hurlé en me précipitant sur un CE2 pour lui arracher la poignée de crackers qu'il s'apprêtait à fourrer dans sa bouche. Tu dois siffler l'air de *Yankee Doodle Dandy*[1] juste après le numéro des Douze Fous de la Roue. Ce n'est pas le moment de grignoter !

Lorsque je suis retournée m'asseoir, la maîtresse de Margaret m'a dévisagée, l'air de dire qu'elle se souviendrait de mes idioties le jour où elle m'aurait comme élève.

En revanche Mme Pain a levé les pouces en guise de compliment.

– Bravo, Clémentine, m'a-t-elle félicitée. Tu as parfaitement géré la situation.

Vous ne croirez jamais ce qui s'est passé ensuite : la maîtresse de Margaret s'est excusée !

– Désolée, m'a-t-elle dit. Je suis un peu tendue ce soir.

1. Chanson patriotique américaine.

J'aurais bien aimé savoir pourquoi, mais je n'ai pas eu le temps de le lui demander. Je me suis soudain aperçue que les Hula-Hoopeuses hula-hoopaient sans s'arrêter depuis dix bonnes minutes. Je leur ai demandé combien de temps elles comptaient faire durer leur numéro.

Celle de droite a répondu :

– J'ai déjà tenu cinq heures et treize minutes.

Celle de gauche a ajouté :

– Et moi, j'ai déjà tenu…

Je l'ai interrompue.

– Ce soir, vous devrez vous limiter. Il y a encore beaucoup de numéros après le vôtre.

J'ai emprunté le lecteur de CD des Sauteuses à la Corde et j'ai expliqué aux Hula-Hoopeuses qu'elles pouvaient hula-hooper pendant un morceau et pas plus.

Pendant tout l'après-midi, il m'a été impossible de me rasseoir car tout le monde avait besoin de mon aide. Une fois les répétitions terminées, je suis enfin retournée auprès de Mme Pain.

– Est-ce que je peux téléphoner depuis votre bureau ? ai-je demandé. Je dois appeler mes parents pour leur dire de ne pas venir à la représentation.

– Il est un peu tard pour t'en occuper, m'a fait observer la directrice en me glissant sa montre sous le nez.

Et elle a crié :

– Tout le monde en place ! Le spectacle commence dans cinq minutes !

Les élèves ont couru se préparer. Moi, j'ai couru jeter un œil entre les rideaux de la scène : tous les fauteuils de la salle étaient occupés.

La maîtresse de Margaret a tapé dans ses mains pour réclamer notre attention.

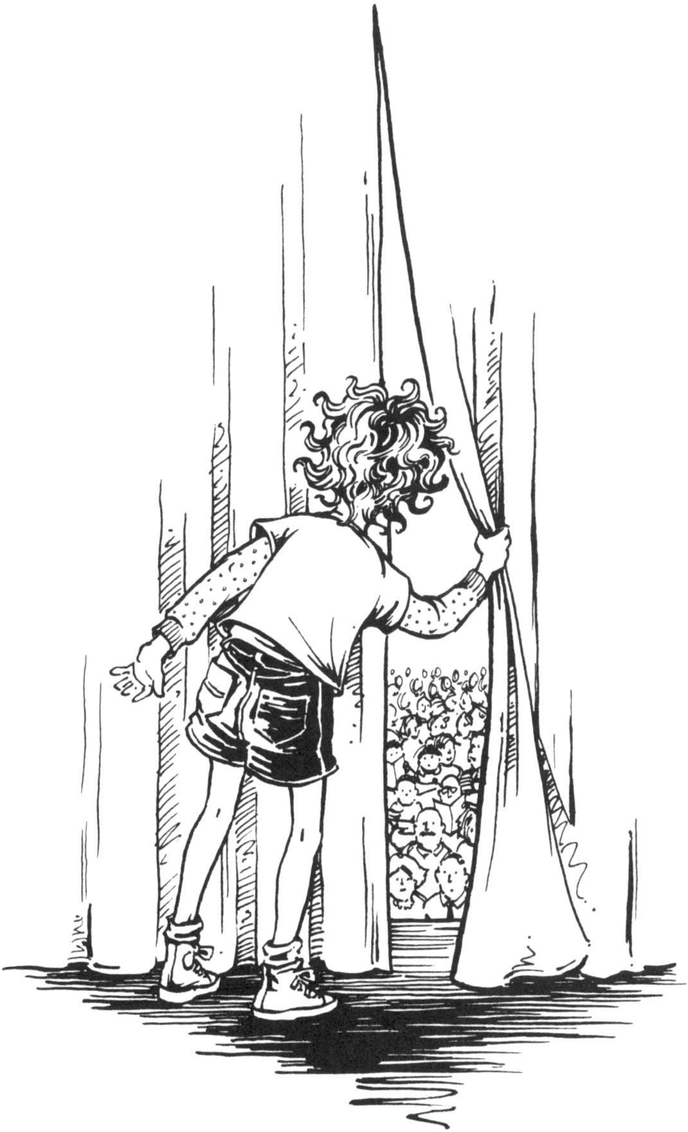

– Les enfants ! Avant de commencer, je tiens à vous remercier de votre participation. Si nous pouvons collecter des fonds pour le voyage de l'école, au printemps prochain, c'est grâce à vous tous. Sauf Clémentine.

Bon, d'accord, elle n'a pas dit « Sauf Clémentine », mais je voyais bien que tout le monde le pensait très fort.

Juste à ce moment, la secrétaire de l'école est venue lui remettre un mot.

– Ah ! Oh ! Mon Dieu ! s'est écriée la maîtresse de Margaret en sautant de sa chaise de metteur en scène plus vite que je ne croyais une adulte capable de le faire. Ma fille est en train d'accoucher ! Formidable ! Je vais être grand-mère pour la première fois !

– Courez rejoindre votre fille, lui a conseillé Mme Pain, et ne vous inquiétez pas, on se débrouillera.

– Ah ! Oh ! Merci ! Merci beaucoup !

Et elle a tourné les talons si précipitamment qu'une épingle à cheveux s'est échappée de son chignon en forme de tornade. Mais à ma grande déception, la tornade ne s'est pas envolée.

Je me suis tournée vers la directrice.

– Waouh! C'est vous qui allez diriger le spectacle toute seule, maintenant.

– Non, pas toute seule, a-t-elle protesté. J'ai une assistante. Toi!

– Moi? me suis-je écriée. Oh, non. Je n'en suis pas capable.

– Bien sûr que si. Et il est hors de question que je gère cette représentation sans ton aide.

– Non, vraiment, je ne saurai pas, ai-je insisté. Je ne suis pas assez attentive, vous le savez bien.

– Au contraire, tu es très attentive, Clémentine. Pas toujours pendant les cours. Mais tu es beaucoup plus attentive au monde qui t'entoure que n'importe qui. Tu es exactement la personne dont j'ai besoin ce soir.

– Je ne pense pas que ce soit une très bonne idée.

– Et moi je suis persuadée que c'est une excellente idée. Je vais d'ailleurs te le prouver sur-le-champ.

La directrice a appelé l'une des deux Hula-Hoopeuses :

– Hillary ? Quel est le deuxième numéro prévu après l'entracte ?

Prise de court, Hillary a regardé autour d'elle.

– Je n'ai pas le programme sous la main. Vous voulez que j'aille vous en chercher un ?

– Non merci, a décliné Mme Pain avant de se tourner vers moi.

– Clémentine, quel est le deuxième numéro prévu après l'entracte ?

– Caleb, un élève de CM1, va chanter l'hymne américain en rotant.

– A-t-il besoin d'accessoires ?

– Oui, deux litres de limonade.
– Combien de temps dure son numéro ?
– Quarante et une secondes. Quarante-huit s'il doit s'arrêter pour boire avant le dernier couplet.
– Je n'ai rien à ajouter, a décrété Mme Pain en désignant d'un doigt autoritaire la chaise vide à côté de la sienne.

Quand une directrice vous donne un ordre, il est impossible de désobéir. Je me suis donc installée sur la deuxième chaise de metteur en scène.

– Lever de rideau ! a-t-elle crié.

Aussitôt, l'inquiétude et ses gribouillis noirs m'ont envahie de la tête aux pieds.

SAMEDI

La Soirée des Stars aux Mille Talents

À voir le spectacle, personne n'aurait pu penser que les élèves venaient de répéter leur numéro.

D'abord, les Douze Fous de la Roue ont tous atterri hors de scène. Enfin tous sauf une fille, qui avait oublié de s'élancer. Pourtant, aucun artiste n'a fini à l'infirmerie et le public a cru que tout s'était déroulé comme prévu. Tant mieux.

Ensuite, est venu le tour des jumeaux O'Malley. Lilly avait réussi à convaincre Willy de jouer avec elle un morceau de piano à quatre mains plutôt que d'avaler son déjeuner d'une seule bouchée. Mais lorsqu'elle s'est approchée du micro pour annoncer leur numéro, elle avait tellement le trac qu'elle a vomi.

Un mauvais pressentiment m'a fait tourner la tête vers Willy, déjà assis au piano. Comme Willy imite toujours sa sœur, j'ai compris qu'il allait vomir d'une minute à l'autre.

– Non ! Pas sur le piano ! ai-je hurlé.

Juste à temps.

J'ai fermé le rideau en quatrième vitesse, histoire que le public ne se mette pas à vomir lui aussi.

Quand le concierge est venu nettoyer, une idée méga spectaculaire a fusé dans mon cerveau. J'ai conseillé à Mme Pain :

– Vous devriez envoyer Sidney sur scène maintenant. Elle récitera son poème devant le rideau.

– Mais elle n'aura pas de micro.

– Ça ne fait rien. Sa voix est assez puissante. Et elle n'a pas besoin de beaucoup de place, ses pieds sont si maigres qu'elle tiendra facilement de profil.

Sidney est donc venue déclamer son poème de profil sur le devant de la scène. Le temps qu'elle ait terminé, le concierge avait réparé les dégâts.

Après Sidney, venaient les Hula-Hoopeuses. Malheureusement, elles ont complètement oublié qu'elles devaient s'arrêter en même temps que la musique. J'ai été obligée de fermer le rideau et de les chasser de la scène pour que les Sauteuses à la Corde puissent leur succéder.

Mais ces dernières ont dû considérer que si les Hula-Hoopeuses avaient poursuivi leur numéro après la fin de la musique, elles pouvaient en faire autant. Il a donc fallu que je tire une fois de plus le rideau pour les arrêter.

Puis est arrivé le tour de Margaret.

Elle a parfaitement réussi son entrée en scène contrairement aux autres élèves. Mais au moment où elle atteignait le micro, Alan l'a prise en photo. Catastrophe!

Chaque fois qu'on photographie Margaret sans la prévenir, elle est paralysée par le trac. Parce qu'elle a peur de ne pas être parfaite, m'a-t-elle expliqué. Je ne comprends pas pourquoi : Margaret est toujours parfaite.

Bref, tout à coup, elle s'est immobilisée sur la scène, bouche ouverte. L'espace d'un quart de seconde, j'ai pensé : « Ah, tu ne fais pas ta maligne ce soir, hein ! »

Mais aussitôt, mon empathie pour elle a pris le dessus.

Je me suis vite placée dans un coin où elle pouvait me voir, et j'ai agité les bras jusqu'à ce que je réussisse à attirer son attention. Je lui ai alors montré mes cheveux en faisant semblant de les brosser.

Elle a hoché la tête comme un robot avant de se décider à parler :

– D'abord, si on veut être à la mode, il faut toujours se brosser les cheveux. Même s'ils sont courts, comme les miens.

Elle m'a dévisagée, attendant que je lui mime sa prochaine réplique. J'ai fait semblant de me boutonner.

– Il faut aussi s'assurer que ses vêtements sont correctement boutonnés, a-t-elle poursuivi.

Ensuite, j'ai levé un pied et désigné ma basket.

– Et ne jamais mettre de baskets vertes ! Les baskets vertes sont le comble du mauvais goût !

Puis, brusquement, elle s'est ébrouée comme si elle sortait d'un long sommeil et elle s'est rapprochée du micro.

– Non, attendez ! Je plaisantais, bien sûr. Vous pouvez mettre des baskets de n'importe quelle couleur. D'ailleurs, le vert est la couleur la plus tendance qui soit.

Elle m'a adressé un grand sourire, si grand que toutes les bagues de ses dents ont étincelé comme des diamants sous les projecteurs. Je lui ai souri en retour – sans étinceler puisque je n'ai pas encore de bagues aux dents. Après Margaret a retrouvé ses esprits et a fini son numéro sans fausse note.

Je suis retournée me percher sur ma chaise de metteur en scène. Mme Pain m'a souri, elle aussi, avant de se pencher pour me chuchoter à l'oreille :

– Tu te souviens quand tu m'as demandé pourquoi tu ne pouvais pas avoir de remplaçante, Clémentine ? Eh bien, j'ai la réponse à ta question. Personne ne peut te remplacer parce que tu es unique !

C'est à ce moment-là que je me suis aperçue que je ne ressentais plus aucune inquiétude. Au contraire, j'éprouvais une immense fierté comme si un soleil éclatant brillait à l'intérieur de moi.

Cette sensation ne m'a pas quittée jusqu'à la fin du spectacle. Certains numéros avaient beau aller de travers – en fait, presque tous ont posé problème –, Mme Pain et moi les remettions toujours d'aplomb.

Joe et Buddy étaient les derniers à passer. Dès la première note soufflée par Joe dans son harmonica, Buddy l'a accompagné de ses hurlements. Le public s'est déchaîné et les a applaudis à tout rompre en réclamant un bis. Ça tombait bien car Buddy semblait ne plus vouloir s'arrêter, comme s'il avait attendu ce moment toute sa vie.

J'étais un peu jalouse en imaginant le succès que j'aurais remporté avec Épinard au bout d'une laisse. Le public aurait adoré. Surtout mes parents. À présent que le spectacle était terminé, ils devaient se dire : « Hé! Une minute! Et notre fille alors, elle ne présente pas de numéro ? »

Une fois le rideau fermé, Mme Pain et moi avons rassemblé les élèves sur la scène. Puis nous avons rouvert le rideau pour le salut final; trois ou quatre enfants seulement se sont marché sur les pieds en s'avançant.

Nous avons regagné nos chaises de metteur en scène. Le public applaudissait encore et encore, les enfants saluaient encore et encore, tout le monde souriait. J'étais très heureuse, même si je ressentais un brin de tristesse. Un jour, j'aimerais savoir, moi aussi, ce qu'on ressent quand on est applaudie.

– On a réussi, ai-je dit à Mme Pain. Le spectacle est fini, et tout s'est bien passé !

– Oui, on a réussi, a-t-elle approuvé. Mais ce n'est pas tout à fait fini. Il me reste une dernière chose à régler.

Elle est descendue de sa chaise pour rejoindre les élèves sur la scène.

Je l'ai entendue annoncer dans le micro :
– Mesdames et messieurs, je vous remercie beaucoup d'être venus assister à la Soirée des Stars aux Mille Talents. Maintenant, je tiens à vous présenter la personne sans laquelle ce spectacle n'aurait jamais pu avoir lieu... notre très talentueuse metteuse en scène !

La maîtresse de Margaret était donc revenue ? Sa fille avait déjà accouché ? J'étais ravie d'apprendre que les bébés naissaient si vite, au cas où je déciderais un jour d'en avoir un, ce qui ne risque pas d'arriver.

Mme Pain s'est avancée vers moi. J'ai reculé pour laisser la place à la maîtresse de Margaret.

– Mesdames et messieurs, a poursuivi Mme Pain, je vous demande d'applaudir à tout rompre...

Elle a saisi ma main et m'a tirée sur la scène.

– ... *Clémentine !*

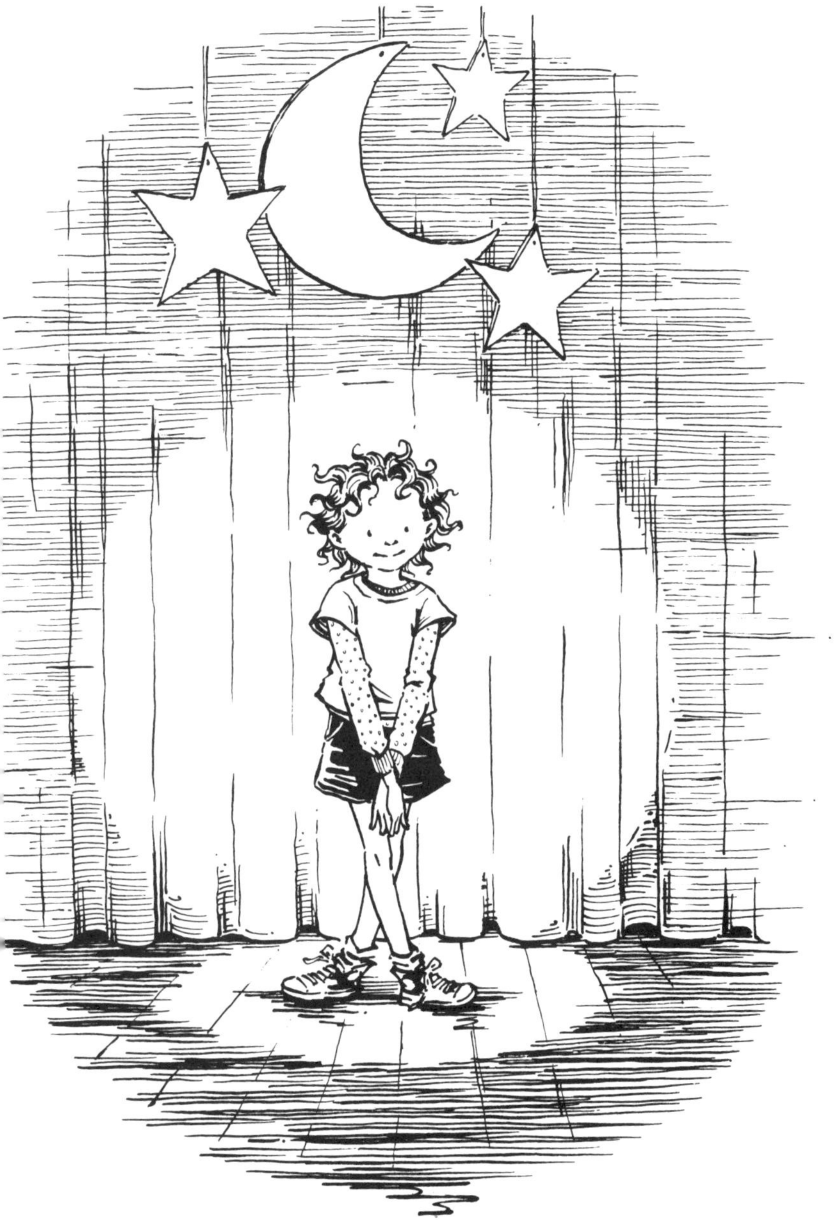

J'étais tellement stupéfaite que j'en suis restée bouche bée. Tous les élèves me regardaient le sourire aux lèvres et les yeux pétillants de reconnaissance.

Ils ont alors frappé dans leurs mains, doucement d'abord, puis de plus en plus fort. Si fort que j'ai eu peur que les plus fragiles se cassent les poignets.

Les spectateurs se sont mis à applaudir comme des fous. J'avais l'impression qu'ils ne s'arrêteraient jamais. Le bruit est devenu si assourdissant que j'ai cru un instant que mes oreilles allaient se décoller de ma tête. Mais je m'en fichais parce qu'à présent je savais quel effet ça faisait d'être applaudie. C'était tout simplement génial !

SAMEDI

Un dîner au Ritz

Même une fois installée dans la voiture, maman ne cessait de répéter :

— Je n'arrive pas à croire que tu aies réussi à garder ce secret pendant une semaine entière, ma chérie ! Tu as été formidable dans le rôle du metteur en scène !

Papa m'a fait un clin d'œil dans le rétroviseur avant d'ajouter :

— Elle est encore plus formidable que tu ne le penses. Nous avons une fille bourrée de talents. Nous sommes tellement fiers de toi, Clém.

Ensuite, il s'est tourné vers maman en haussant les sourcils d'un air entendu. Elle a hoché la tête, puis souri avant de me demander :

– Tu n'es pas trop fatiguée, Clémentine ? Est-ce que tu crois que tu pourras te coucher un peu plus tard que d'habitude, ce soir ?

– Pas de problème, je ne suis pas fatiguée, ai-je affirmé. Vous avez besoin de moi pour espionner la baby-sitter pendant que vous êtes au restaurant ? Pour vérifier qu'elle ne fume pas le cigare et qu'elle ne commande rien sur la chaîne de téléachat ? Ou qu'elle ne téléphone pas en Australie ?

Quand je serai grande, il se pourrait que je devienne détective privé.

– Non, a répondu papa. Nous n'avons aucune inquiétude concernant la baby-sitter. Nous nous demandions juste si tu aimerais venir dîner avec nous au Ritz.

– Pour de vrai ? me suis-je écriée. Mais comment on fera pour les cacahuètes ?

D'habitude, quand mes parents sortent, je dois m'assurer que la baby-sitter n'a pas apporté de cacahuètes, car Brocoli y est allergique.

S'il en avale la plus petite miette, il gonfle et il faut l'emmener à l'hôpital.

– On préviendra la baby-sitter, a promis papa.

– Je ne sais pas trop, ai-je hésité.

Mon frère n'est jamais resté seul avec une baby-sitter sans que je sois là pour lui sauver la vie.

– Ne t'inquiète pas, Clémentine, m'a rassurée maman. On peut lui faire entièrement confiance, elle n'oubliera pas. Et nous aimerions vraiment que tu nous accompagnes. Après tout, si nous allons au restaurant ce soir, c'est grâce à toi.

J'ai fini par accepter. On est d'abord rentrés à la maison, où mes parents se sont faits beaux. Moi, je ne me suis pas changée, j'étais déjà parfaite. Maman a enfilé ses nouvelles mules. En les voyant, papa s'est frappé le front avec une telle force que j'ai cru qu'il allait s'assommer. Il a juste dit :

– Waouh !

Quand la baby-sitter est arrivée, mes parents l'ont mise en garde une bonne dizaine de fois au sujet des cacahuètes. Moi aussi ; je lui ai répété une bonne vingtaine de fois de faire attention, jusqu'à ce que papa jette un œil sur sa montre et m'interrompe :

– Bon, il est l'heure d'y aller, Clémentine, on a réservé…

Mais à peine dans le hall de l'immeuble, j'ai brusquement fait demi-tour en lançant :

– Attendez-moi une seconde, je reviens !

J'ai couru comme une flèche jusqu'à l'appartement où j'ai pris un des marqueurs indélébiles de maman pour écrire sur le front de Fenouil : CACAHUÈTES INTERDITES ! en grosses lettres bleues.

Après, je me suis sentie plus tranquille.

Sur le chemin du Ritz, mes parents m'ont demandé ce que j'aimerais manger. Ils font toujours ça, pour m'éviter de lire le menu et d'avoir à *ne pas* choisir des quantités de bonnes choses.

– Un hamburger avec de la purée, ai-je répondu.

– C'est d'accord, a dit papa.

Au restaurant, mes parents ont choisi des plats dont je n'avais jamais entendu parler.

– Et pour la petite demoiselle ? a demandé le serveur.

La petite demoiselle, c'était moi. Papa m'a commandé un plat dont le nom m'était inconnu. Pourtant, quand le serveur me l'a apporté, c'était bien un hamburger avec de la purée !

– Hum, excusez-moi, ai-je dit très poliment. Pourrais-je avoir des crackers Ritz, aussi ?

Le serveur a secoué la tête.

– Malheureusement, il n'y a pas de crackers Ritz au Ritz. C'est l'un des plus grands mystères de l'univers.

Comme je ne voulais surtout pas qu'il se vexe, je lui ai affirmé que son restaurant me plaisait beaucoup malgré tout. J'ai ajouté :

– Et, en plus, vous êtes un très bon serveur. Très empathique.

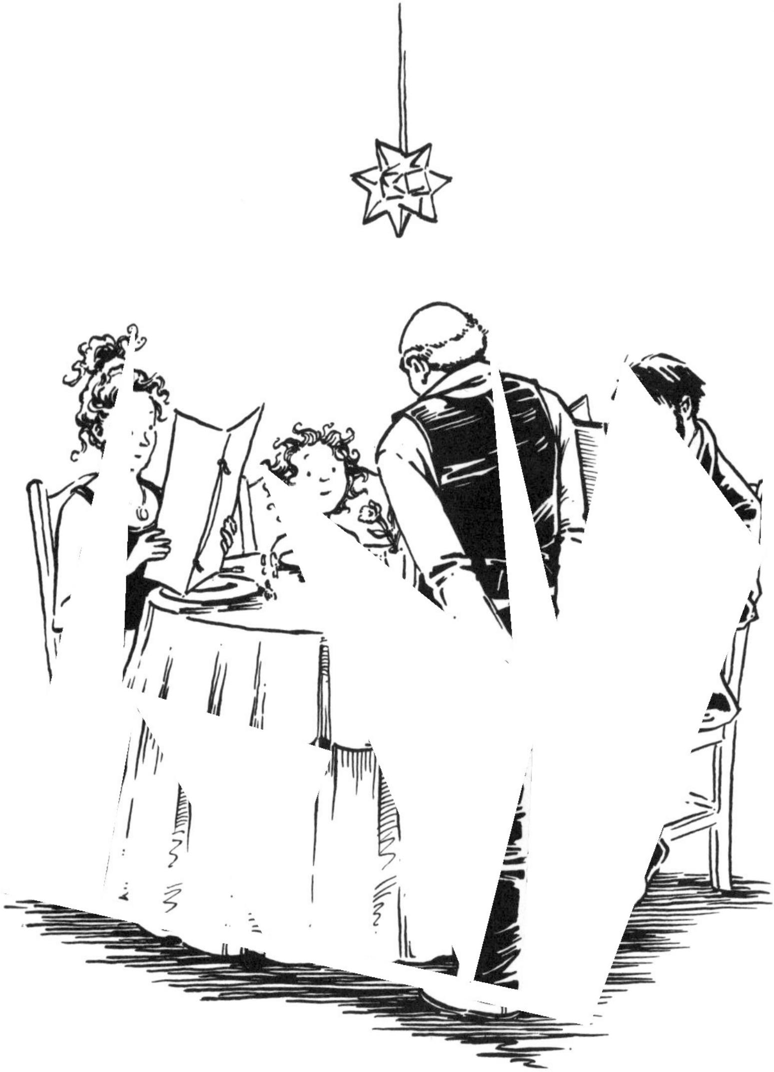

C'était vrai. Tout au long de la soirée, il a deviné la moindre de mes envies ; je n'ai jamais eu à me lever pour aller chercher quoi que ce soit, même pas le ketchup.

Encore plus fort : au moment où nous finissions notre plat et où je commençais à réfléchir au dessert, il est apparu comme par magie à côté de moi.

– Au menu ce soir, nous avons trois desserts gourmands, a-t-il annoncé. Le gâteau à la crème pâtissière de Boston, la crème brûlée et le gâteau au chocolat, tous sont particulièrement délicieux.

Mes parents n'ont rien dit mais j'ai senti qu'ils pensaient : « Zut ! Clémentine va devoir *ne pas* choisir. »

Par chance, le serveur a tapoté discrètement mon menu avec la pointe de son stylo pour me désigner l'un des desserts. Quand j'ai levé les yeux vers lui, il m'a adressé un clin d'œil.

– Je prendrai le gâteau au chocolat, ai-je annoncé.

Mes parents se sont dévisagés l'air de dire « Je n'en crois pas mes oreilles », puis ils ont commandé leur dessert.

Papa a choisi la crème brûlée. C'est une crème à la vanille dont on brûle la surface avec un chalumeau. Je vous assure que je n'invente rien.

Quant à maman, elle a pris le gâteau à la crème pâtissière de Boston, décoré avec des quartiers de clémentine.

En le posant devant elle, le serveur a observé malicieusement :

– La clémentine est le plus succulent de tous les fruits, n'est-ce pas, madame ?

Maman m'a jeté un regard amusé avant de répondre en riant :

– Je l'ai toujours pensé !

À peine avait-elle avalé une bouchée de son dessert qu'elle a déclaré :

– J'ai vraiment très bien mangé ! Je n'ai plus faim.

À peine papa avait-il avalé une cuillerée de sa crème brûlée qu'il a déclaré à son tour :

– Moi non plus, je n'ai plus faim !

Et ils ont tous les deux fait glisser leur assiette vers moi. Voilà que je me retrouvais au Ritz sans crackers Ritz mais avec trois desserts !

– Je crois que c'est le plus beau jour de ma vie, leur ai-je confié.

Maman m'a alors chuchoté à l'oreille :

– Et si je te prêtais mes mules, tu ne crois pas qu'il serait encore plus beau ?

J'ai souri et retiré discrètement mes baskets tandis que ma mère poussait vers moi ses mules libellule « pas très pratiques mais waouh ». Je les ai gardées jusqu'à la fin du dîner. J'avais caché mes pieds sous la nappe si bien que personne n'a rien remarqué, pas même le serveur venu m'apporter un supplément de crème chantilly.

Bon, d'accord. Quand il est arrivé à notre table, il est possible qu'une des libellules ait montré le bout de son nez.

Retrouvez Clémentine,
sa famille et ses amis dans
un nouvel épisode
en 2013.

Retrouvez la collection
Rageot Romans
sur le site www.rageot.fr

RAGEOT s'engage pour l'environnement en réduisant l'empreinte carbone de ses livres Celle de cet exemplaire est de : 473 g éq. CO_2
Rendez-vous sur www.rageot-durable.fr

PAPIER À BASE DE FIBRES CERTIFIÉES

Achevé d'imprimer en France en août 2012
sur les presses de l'imprimerie Hérissey
Dépôt légal : septembre 2012
N° d'édition : 5648 - 01
N° d'impression : 119219